CHRISTOPHE T[illegible]

W0333213

LE DÉJEUNER DE COLOMBEY

roman

ALBIN MICHEL

Collection « L'envers du décor »
dirigée par Marc Dugain

© Éditions Albin Michel, 2025

LE DÉJEUNER DE COLOMBEY

Pour Lucie et Jean-Baptiste
qui se connaissent sans s'être rencontrés

1.

Palais de l'Élysée

Un soleil radieux règne sur Paris. Onze heures sonnent aux clochers des églises. L'air est encore doux et léger et la température monte graduellement. Il flotte un parfum de fin de vacances, en ce vendredi 28 août 1970. Un homme de petite taille, d'une cinquantaine d'années, en costume sombre, cravate et pochette, remonte l'avenue Marigny, au cœur du VIIIe arrondissement de Paris. Son allure trahit un militaire habillé en civil : des cheveux coupés en brosse, un air martial et une démarche parfaitement cadencée. Il vient de monter à cheval dans les manèges de l'École militaire car il entend conserver une forme physique parfaite et montrer qu'il est toujours digne d'être un officier de cavalerie, malgré ses cinquante-six printemps. Il passe devant le théâtre Marigny, longe à main gauche l'hôtel éponyme. Il ne regarde pas sur sa droite les murs des jardins de l'Élysée et les premiers bâtiments. Arrivé place Beauvau devant le ministère de l'Intérieur, il prend la direction du faubourg Saint-Honoré. Un policier qui croit l'avoir reconnu esquisse un salut. L'homme répond d'un mouvement de tête un peu sec. Devant le 55, rue du Faubourg-Saint-Honoré, il sonne à la porte située à gauche du portail. Un gendarme sort aussitôt, le dévisage, semble interloqué et après quelques instants, il balbutie :

– Mon général, c'est vous ? (Un large sourire éclaire le visage du pandore face à l'approbation muette du visiteur.) Quel plaisir de vous revoir. Cela fait bien longtemps. Plus d'un an et demi, c'est bien cela ? Que peut-on faire pour vous ?

L'homme répond :

– Je voudrais voir le secrétaire général.

– M. Jobert ? Vous avez rendez-vous ? Je n'ai pas votre nom sur la liste des visiteurs du jour !

L'homme prend alors un air mystérieux :

– En effet, mais annoncez-moi et je pense qu'il me recevra !

Le gendarme s'empresse :

– Bien sûr, bien sûr ! Entrez, mon général !

Il s'efface pour que le mystérieux officier puisse s'introduire dans la loge étroite, le laissant face à un planton derrière un bureau. Ce dernier, peu impressionné, lui lance :

– Vous avez une pièce d'identité ?

Son collègue pousse les hauts cris :

– Mais enfin, tu n'as pas reconnu le général de Boissieu, le gendre du général de Gaulle ? Tu sors de ta campagne ou quoi ?

Le gendarme se lève d'un bond et esquisse un garde-à-vous :

– Faites excuse, mon général, vous étiez dans le contre-jour (ce qui était complètement faux). Je ne vous ai pas reconnu.

– Ce n'est rien, dit Boissieu, je n'avais pas été annoncé. Pouvez-vous prévenir M. Jobert que je suis là et que je souhaite le voir rapidement ?

Le gendarme attrape immédiatement le téléphone, mais il se ravise, les yeux soudain pleins d'inquiétude :

– Le Général… Il va bien ?

Boissieu sourit :

– Oui, oui, ne vous inquiétez pas, il est en pleine forme.

Le gendarme pousse un soupir de soulagement :

– Vous savez, j'étais de faction à la grille du Coq quand il a quitté l'Élysée pour la dernière fois, ce fameux vendredi d'avril, il y a un peu plus d'un an. On savait tous que le référendum était perdu et qu'il ne reviendrait pas. Je me suis mis au garde-à-vous quand sa voiture est passée. Pour une fois, il avait baissé la vitre et sa DS roulait lentement. J'étais raide comme un piquet mais au moment où il est passé, je n'ai pas pu retenir mes larmes. Il a souri tristement comme pour me réconforter et il m'a salué d'un geste de la main. J'avais l'impression de voir la France passer devant moi.

Boissieu le regarde avant de répondre sobrement :

– C'est une belle histoire. Bon, vous prévenez M. Jobert ?

Le gendarme se précipite sur le téléphone :

– Bien sûr, j'appelle sa secrétaire tout de suite ! (Il compose un numéro à trois chiffres sur le cadran de l'appareil en bakélite noir.) Lucienne, c'est Robert au poste de garde… Peux-tu prévenir M. Jobert que le général de Boissieu est là et qu'il voudrait le voir… Oui, le gendre du Général… Non, il n'a pas rendez-vous mais il dit que c'est important… Non, il dit que le Général va bien. Tu peux voir avec M. Jobert ? Je le fais monter ? Oui, j'attends…

Quelques secondes passent. Les gendarmes, toujours debout, dansent d'un pied sur l'autre sans oser continuer à parler avec leur prestigieux visiteur. Boissieu demeure immobile. Une sonnerie. Le gendarme colle l'appareil à son oreille, pour ne pas perdre une miette :

– Oui… oui… très bien. C'est entendu, je le fais monter et je l'accompagne.

Il ne voit pas au même moment le visiteur pousser un imperceptible soupir de soulagement. Le pandore raccroche, attrape son képi qu'il visse sur son crâne et ouvre la deuxième porte qui donne sur la cour de l'Élysée. D'un ton plus assuré, il lance :

– Mon général, vous me suivez ?

Boissieu lui emboîte le pas. Le gendarme explique :

– Normalement, le règlement prévoit qu'on doit longer les murs en accompagnant le visiteur au Palais, mais vous, c'est pas pareil, vous êtes de la maison. On va passer au milieu de la cour.

Boissieu esquisse un mince sourire. Il observe d'un regard périphérique ces bâtiments qu'il connaît bien et qui lui rappellent tant de souvenirs. Arrivé au perron, le planton avise un garde républicain et lui commande :

– Le général a rendez-vous avec M. Jobert, tu peux l'accompagner ?

Le garde républicain, très jeune, les joues rouges, quasiment imberbe, porte des cheveux courts avec une magnifique raie sur le côté. Il s'empourpre encore plus à l'annonce du grade du visiteur à qui il fait un salut impeccable auquel Boissieu répond rapidement. Le gendarme repart vers le poste de garde et lui jette :

– Allez, bonne journée, mon général, et puis, si je puis me permettre, saluez bien le Général pour nous !

Il tourne aussitôt les talons et détale.

Les deux hommes gravissent rapidement l'escalier. Une secrétaire, d'une quarantaine d'années, élégante et distinguée, est venue à leur rencontre.

– Général, M. Jobert vous attend. Il est ravi de vous voir ! (Elle hésite un court instant.) Puis-je me permettre de vous demander des nouvelles du Général ?

Boissieu sourit :

– Il va très bien, je vous remercie. Mais je vous reconnais, vous étiez la secrétaire des aides de camp de mon beau-père ?

La femme a un timide sourire :

– Oui, j'ai beaucoup aimé travailler avec eux, surtout le commandant Flohic qui était si gentil. Il m'avait envoyé une carte postale d'Irlande quand il avait accompagné le Général et Mme de Gaulle après le référendum !

Elle s'arrête immédiatement. L'évocation de l'Irlande n'était peut-être pas du meilleur goût. Elle rosit légèrement, a une petite toux sèche et frappe à une porte qu'elle ouvre aussitôt en s'effaçant devant son visiteur :

– Je vous en prie, M. Jobert vous attend !

Alain de Boissieu pénètre prestement dans un grand bureau, haut de plafond, aux boiseries magnifiques. Dans le coin à droite en rentrant dans la pièce se trouve un salon Louis XV composé d'un canapé et de deux grands fauteuils qui entourent une table basse dont le verre est impeccable. Les trois hautes fenêtres à battants sont ouvertes et donnent sur le parc de l'Élysée et, au loin, son jet d'eau. Les oiseaux chantent et une odeur d'herbe fraîchement coupée palpite dans l'air. Des bruits métalliques d'outils de jardiniers sont à peine perceptibles. Au cœur de Paris, prédomine un sentiment bucolique, ce qui ajoute au caractère suranné de la pièce.

Michel Jobert se lève du fauteuil de son magnifique bureau XVIIIe qu'on distingue à peine tant il est encombré de dossiers et de parapheurs. Petit, le crâne dégarni, il est très apprécié de ses collaborateurs qui louent son égalité d'humeur et comptent le nombre de fois où ils l'ont vu sourire ou s'énerver. Il ressemble involontairement au chien Droopy des cartoons de Tex Avery dont il a aussi emprunté l'élocution lente et quelque peu affectée, mais ses mots sont parfaitement choisis et ciselés. Malgré son attitude nonchalante, ses yeux pétillent d'une intelligence vive que l'on devine parfois mordante. Il est l'homme de confiance de Pompidou et le nouveau président lui a confié le poste stratégique de secrétaire général de l'Élysée, c'est-à-dire la tour de contrôle de la présidence de la République, qui trie les messages à faire passer au chef de l'État. De facto, il est l'un des hommes les plus puissants du régime. Jobert avance d'un pas rapide pour lui vers son visiteur et lui tend la main.

– Alain, je ne vous attendais pas ! Quel plaisir de vous voir ! Comment allez-vous ? Et Élisabeth ?

– Je vais très bien, merci. Élisabeth aussi. Et vous-même ? Vous avez pu prendre quelques vacances ? Être secrétaire général de l'Élysée, ce n'est pas de tout repos !

– On ne s'ennuie jamais, approuve Jobert. Mais cette fin de semaine devrait être paisible. Georges Pompidou a décidé d'aller passer un week-end prolongé dans sa maison de Cajarc. Quand le président n'est pas à l'Élysée, c'est toujours plus calme. Vous avez dû le vivre, vous aussi…

– Un peu. Mais ce n'est pas forcément un bon souvenir. Je me rappelle, c'était à peu près à la même époque, il y a huit ans. La dernière fois que j'ai accompagné mes beaux-parents de l'Élysée à Colombey. On a failli tous mourir au Petit-Clamart sous les balles de l'OAS.

– Il s'en est fallu de peu, en effet. Est-il vrai que vous avez eu le temps de dire au Général : « Mon père, je vous en conjure, baissez-vous » ? Je me suis toujours demandé comment vous aviez réussi à prononcer une si longue phrase sous la mitraille.

– J'ai dû dire quelque chose comme cela, répond de mauvaise grâce Alain de Boissieu. Je n'allais quand même pas crier « À terre » au général de Gaulle !

– Pompidou m'a raconté que le soir même, le Général l'avait appelé à Matignon depuis Colombey et lui avait dit entre autres : « Et alors, cher ami, ils ont tiré comme des cochons… »

– Georges Pompidou devait venir déjeuner à Colombey avec son épouse le lendemain du jour de l'attentat. Ma belle-mère avait acheté à Paris des poulets pour cette occasion qu'elle avait mis dans le coffre de la DS. Arrivée à l'aéroport de Villacoublay, dans une voiture à moitié détruite, les vitres éclatées, elle est descendue tout naturellement et je l'entends encore dire : « J'espère que les poulets n'ont rien. » Les policiers qui nous accompagnaient ont pensé que c'était pour eux…

Les deux hommes s'esclaffent. Un court silence se fait. Jobert attend volontairement avant de le rompre. Il regarde intensément son visiteur. Depuis que sa secrétaire lui a annoncé cette visite, une unique pensée tourne dans sa tête : « Mais pourquoi est-il venu me voir à l'improviste ? Qu'est-ce que cela cache ? »

Comme Alain de Boissieu ne relance pas la conversation, Jobert poursuit les banalités. Les deux hommes sont restés debout. Le secrétaire général de l'Élysée apprécie secrètement de voir que son visiteur est mal à l'aise. Il sent bien que le gendre du Général a quelque chose d'important à lui dire.

– Comment va le Général ? demande Jobert. A-t-il passé un bon été ?

– Il va très bien. Il travaille beaucoup à ses mémoires. Il m'a dit que les derniers chapitres devraient être consacrés à un dialogue entre lui et les grands personnages historiques de la France : Clovis, Charlemagne, Philippe Auguste, Colbert, Clemenceau…

Jobert décide de mettre fin à cette situation étrange. Il lui montre un fauteuil et s'assoit lui-même non sans une certaine distinction. Boissieu prend immédiatement place tout en restant sur le bord du fauteuil.

– Cela va être magnifique… Et Napoléon ? Il n'en parle pas ? C'est vrai qu'il ne l'aime pas beaucoup.

Boissieu s'agite un peu sur son siège :

– Non, en effet, il n'aime pas trop Napoléon. Sauf pour la grandeur de la France. C'est déjà pas mal…

Un nouveau silence se fait. Jobert est resté confortablement assis bien au fond du fauteuil et d'un geste lent, il se redresse, joint les deux mains et regarde fixement Boissieu dans les yeux. D'un ton qui, chez lui, aurait pu apparaître comme brusque, il prend la parole.

– Bon, Alain, je suppose que si vous êtes passé me voir aujourd'hui, c'est que vous avez quelque chose d'important à me dire.

Le gendre du Général semble soulagé. Il va pouvoir accomplir sa mission sans apparaître discourtois ni contrevenir aux convenances, ce qui aurait été pour lui pire qu'un crime. Se redressant également, il regarde Jobert en baissant la voix comme s'il devait lui confier un secret d'État.

– En effet. Mon beau-père m'a chargé de quelque chose d'un peu… inhabituel. Hier après-midi, nous avons fait une promenade dans le jardin de la Boisserie vers 18 heures quand il faisait moins chaud. Au détour de la conversation, il s'est arrêté brusquement, s'est tourné vers moi et m'a dit : « Alain, je vais vous confier une mission un peu spéciale. Je souhaite inviter très discrètement Georges Pompidou à déjeuner dimanche prochain, ici, à Colombey. Allez voir Jobert à l'Élysée pour lui demander de transmettre le message. »

Après un long silence, Jobert a du mal à masquer sa stupéfaction. Il en bégaye presque :

– Pompidou ? À Colombey ? Dimanche ?

– Je sais, reprend Boissieu en se tortillant dans son fauteuil. J'ai été le premier surpris. Mais il a dit cela avec son ton qui ne supporte aucun commentaire et en même temps, il a pris un air fin comme celui d'un homme qui sait très précisément ce qu'il fait et qui n'a pas abattu toutes ses cartes.

– Cela me rappelle quelque chose, en effet. C'est écrit dans *Le Fil de l'épée* ou dans *La France et son armée*.

Il prend un ton grandiloquent :

– « La capacité de dissimulation d'un chef, la ruse, l'art de tromper l'adversaire… »

– Je le sais aussi bien que vous, le coupe Boissieu un peu sèchement. Mais mon beau-père connaît les liens d'amitié que j'ai pour Georges Pompidou, ce qui me place d'ailleurs parfois en position délicate. Enfin, je m'en moque. En tout cas, il ne m'aurait pas choisi pour venir vous voir s'il s'agissait de piéger le président Pompidou.

– Je le sais bien, Alain, mais tout cela est tellement incroyable… Depuis combien de temps ne se sont-ils pas vus ?

– Je n'en suis pas certain, mais je crois que cela remonte à un an et demi. Un dîner à l'Élysée censé renouer les liens entre les deux hommes après l'affaire Marković.

Jobert connaissait parfaitement l'existence de ce fameux dîner. Mais il ne lui déplaît pas de voir Alain de Boissieu évoquer cette affaire sordide, dans laquelle Mme Pompidou avait été accusée de participer à des soirées échangistes. Des photos grossièrement trafiquées avaient circulé sous le manteau. Le soutien du Général vis-à-vis de son plus ancien collaborateur et de sa femme avait été pour le moins faible quand il n'avait pas été teinté de soupçons. Jobert décide d'enfoncer le clou devant son visiteur.

– Pompidou m'a raconté que Debré avait aussi été invité par le Général pour favoriser la réconciliation. De Gaulle, par orgueil, ne voulait pas faire le premier pas et avait demandé à Debré de rompre la glace. Mais le pauvre avait la grippe et pas loin de 40 °C de fièvre. Il n'a rien dit et s'est esquivé à peine le dessert terminé. Le dîner a été morne. Des banalités sans fin. Mais Mme de Gaulle est restée aimable et amicale avec Mme Pompidou.

– Vous voyez bien que cela démontre que ma belle-mère ne croyait en rien à ces racontars impliquant Mme Pompidou… Vous imaginez Yvonne de Gaulle accueillir à sa table quelqu'un qui se commet dans de pareils lieux ? Déjà qu'elle refusait de recevoir des femmes divorcées…

– Écoute, Alain, dit Jobert après un long silence, ce déjeuner à Colombey ne me paraît pas très simple à organiser en moins de quarante-huit heures !

– Comme vous vous en doutez, mon beau-père exige le secret le plus absolu. Il faut que vous alliez vous-même à Cajarc pour transmettre l'invitation. Pas de téléphone, a-t-il insisté ! Inutile de vous dire qu'il n'y aura aucune presse et qu'à la moindre présence d'un photographe, tout sera annulé. Le plus simple est que le président Pompidou se pose en hélicoptère à Chaumont. Ne prévenez surtout pas le préfet. Je viendrai chercher moi-même Georges en voiture pour l'emmener à Colombey. Je serai à l'héliport à partir de 11 heures et j'attendrai.

– Je n'ai donc pas trop d'autre choix que d'aller demain matin à la première heure à Cajarc. Compte tenu des délais, je prendrai un hélicoptère. J'aime bien ces engins. On voit la France de haut mais aussi de près...

Jobert quitte alors son fauteuil, et le gendre du Général se lève d'un bond. Il semble soulagé de s'être très bien sorti d'une mission qu'il pensait compliquée.

– C'est parfait ! Si Georges Pompidou accepte, ce dont je ne peux douter, il vous suffira de m'appeler pour me dire « C'est bon ». Je suis à Paris jusqu'à demain soir et ensuite je regagnerai Colombey. À propos, il n'y aura que mon beau-père et la cuisinière à la Boisserie. Ma belle-mère est à Paris et garde ses petits-enfants.

– Écarter Mme de Gaulle de ce déjeuner en montre toute l'importance. Je suppose que c'est à la demande du Général ?

Boissieu se garde bien de répondre et tend une main ferme à Jobert :

– Merci, Michel. J'attends votre retour. Ce n'est qu'une intuition de ma part, mais je mettrais ma main au feu que mon beau-père tient tout particulièrement à ce déjeuner.

– Je crois l'avoir compris, répond Jobert en se dirigeant vers la porte. Ma secrétaire va vous raccompagner. Mes hommages à Élisabeth.

Le secrétaire général de l'Élysée se hâte d'un pas lent vers son bureau. Il attrape le téléphone :

– Madame Chatain ? Passez-moi Cajarc. Oui, tout de suite… j'attends… Allô, qui est à l'appareil ? Un officier de sécurité ? Très bien ! C'est Jobert à l'Élysée. Passez-moi le président… Il n'est pas là ? Il est allé promener Jupiter avec sa femme ? Bon. Prévenez le président que je dois absolument le voir demain en fin de matinée. Merci, je sais, il n'avait rien de prévu. Bonne journée.

Il raccroche puis reprend immédiatement la ligne :

– Madame Chatain ? Demandez que l'on me prépare un hélicoptère demain matin pour aller à Cajarc. Et réservez-moi une chambre à l'hôtel. Je pense que je resterai dormir. Je dois parler de quelques dossiers urgents avec le président. Merci !

Il se rassoit à son bureau et poursuit la lecture des parapheurs qui s'empilaient. Mais très vite il redresse la tête. Il n'arrive pas à se concentrer ni à chasser de son esprit la nouvelle de cette incroyable invitation. Signe de son trouble, il marmonne entre ses lèvres :

– Mais pourquoi le vieux tient-il à ce point à voir Pompidou ?

2.

Cajarc

Il est à peine 11 heures du matin ce samedi 29 août 1970 quand Jobert pousse la porte du jardin de la maison de Georges Pompidou à Cajarc. L'air est lourd et déjà étouffant. L'orage n'est pas loin. Les turbulences ont secoué l'hélicoptère sur les cent derniers kilomètres et le secrétaire général de l'Élysée, nauséeux, a demandé au gendarme qui l'a conduit à la maison des Pompidou de rouler moins vite. C'est donc d'un pas quelque peu flageolant qu'il accède à la longère de pierre du hameau de Prajoux, typique du pays des Causses. Georges Pompidou, vêtu d'un pantalon de toile et d'un polo, son éternelle cigarette vissée au coin des lèvres et achevant de se consumer, a déployé sur la table sous la tonnelle toute une série de dossiers qu'il lit et annote. Il lève les yeux vers son secrétaire général et ôte ses lunettes de vue.

– Ah, Jobert, quelle mauvaise nouvelle êtes-vous venu m'apporter ? Chaban a démissionné de son poste de Premier ministre ? Non, ça, ce serait plutôt une bonne nouvelle. Asseyez-vous, vous êtes tout pâle…

– Monsieur le président, vous vous imaginez bien que je n'ai pas traversé trois orages en hélicoptère – moi et mon estomac – pour vous rendre une visite de courtoisie. Je vais aller droit au but. J'ai vu Alain de Boissieu hier à l'Élysée qui est venu à l'improviste.

Pompidou a un mouvement brusque :

– Il est arrivé quelque chose au Général ?

– C'est curieux, cela a été le premier réflexe des deux ou trois personnes qui l'ont vu hier au Palais. C'est la seule chose à laquelle je n'ai pas pensé… Non, je vous rassure, selon son gendre, le Général est en pleine forme et travaille à ses mémoires. Il va tellement bien qu'il vous invite demain à déjeuner à Colombey en tête à tête. Enfin, je dis invitation… je ferais mieux de dire convocation.

Pompidou enlève la cigarette de sa bouche, l'écrase dans le cendrier sans quitter des yeux Jobert qu'il fixe d'un regard perçant. Un long silence se fait. Jobert baisse la tête et observe consciencieusement ses genoux. Pompidou regarde autour de lui pour voir s'il peut être écouté et allume une nouvelle cigarette dont il expire profondément la fumée. Après un temps qui apparaît interminable au pauvre Jobert, il reprend la parole.

– Il est gonflé, le père de Gaulle… Cela fait dix-huit mois que je ne l'ai pas vu. À peine quelques lettres… Il m'a soutenu du bout des lèvres pendant ma campagne pour les présidentielles. Ce qu'il a écrit sur moi dans ses Mémoires est tout juste aimable. Chirac m'a même dit : « C'est une exécution. » Et au premier claquement de doigts du Général, il faut que j'accoure ? Pas question !

– Je vous comprends parfaitement. Mais vous savez aussi bien que moi que vous n'avez pas le choix. Vous devez y aller.

– Pas du tout, répond Pompidou d'un ton dégagé. Demain matin, je dois m'occuper de mes moutons. Ensuite, je dois aller à la messe à Cajarc et je retrouve mes copains du coin au bistrot du village. J'ai aussi prévu de continuer à écrire mon livre. Tiens, j'ai trouvé un titre : *Le Nœud gordien.* Vous en pensez quoi ?

– Excellent titre ! Mais ce n'est pas le sujet. Je vous fais préparer un hélicoptère pour demain matin ? Vous vous poserez à Chaumont et Alain de Boissieu viendra vous chercher en voiture pour plus de discrétion.

– Je l'aime bien, Alain. Malgré les horreurs que peut dire sur moi l'entourage du Général, il m'a toujours soutenu. On va pouvoir faire un joli communiqué de presse sur cette petite visite… Je vois déjà le titre de la dépêche AFP : « Georges Pompidou déjeune à Colombey : dialogue au sommet entre deux présidents ».

– Vous savez bien que c'est impossible, dit Jobert d'un ton triste.

– Dommage… ça arrangerait bien mes relations avec les barons du gaullisme qui me détestent… Bon, il ne vous a rien dit de plus sur les raisons de cette invitation ? Ce n'est quand même pas pour le plaisir de me voir…

Jobert se lève alors pour donner davantage de solennité à son propos, sous les yeux stupéfaits de Pompidou, et rétorque vivement :

– Monsieur le président, me prenez-vous pour un benêt ? Vous avez rencontré de Gaulle pour la première fois en 1944. Vous le connaissez par cœur… Vous avez compris bien avant moi que le Général avait quelque chose d'important à vous dire !

Pompidou écrase nerveusement sa cigarette dans le cendrier :

– C'est bien ce qui me tracasse. Que veut-il me dire ? Cela fait près d'un an et demi qu'il a quitté le pouvoir. Il ne voit personne. Il a invité Malraux à déjeuner, cela a duré deux heures et je vous parie que Malraux va en faire un livre ! De Gaulle passe désormais son temps à écrire ses mémoires et à faire quelques voyages. Celui en Espagne, chez cette vieille canaille de Franco a été bien utile. Et ce serait bien qu'il aille en Chine… Pourquoi veut-il absolument me voir ? Ce n'est quand même pas pour me révéler le troisième secret de Fatima ? Ou une prévision de Nostradamus ?

– Je ne crois pas. Boissieu, qui est le seul de son entourage dans la confidence, n'en sait rien lui-même. J'ai oublié de vous dire qu'il a écarté sa femme pour le déjeuner : il l'a envoyée garder ses petits-enfants à Paris.

– Ce n'est donc pas banal… Quant à faire avouer Boissieu, je suis sûr qu'il résisterait à la torture… Il faudrait le découper en morceaux pour qu'il parle. Et encore…

Jobert se lève :

– Départ demain vers 9 h 30. Vous serez vers 11 h 30 à Chaumont. Vous savez que le Général déjeune toujours à 12 h 30 précises.

– Ça, je le sais. Combien de fois ai-je pesté en mon for intérieur quand il interdisait l'accès au déjeuner à ses propres invités à l'Élysée lorsqu'ils avaient quelques minutes de retard… Mais où allez-vous ?

– Je vais à l'hôtel du village. Je reviens demain à 9 heures car je veux être certain que vous prendrez bien l'hélicoptère pour Colombey.

– Pas du tout, vous restez déjeuner avec nous, dit Pompidou d'un air d'autorité. Je préviens Claude. Cela tombe bien que vous soyez là, j'avais quelques instructions à vous donner. Cela m'épargnera de vous appeler. Le Général détestait le téléphone. Je finis par lui ressembler de plus en plus.

Pompidou rentre à la maison, ses dossiers sous le bras, car la pluie menace. Il appelle son épouse. Une belle femme blonde, allongée dans un canapé, plongée dans la lecture d'un livre, lève la tête et l'observe.

– Je vais devoir t'abandonner demain. Je viens d'apprendre que je dois déjeuner en tête à tête à Colombey avec de Gaulle. Le mieux est que tu rentres à Paris de ton côté. Je vais donner des instructions en ce sens.

– Avec le Général ? répond Claude Pompidou, interloquée.

– Oui, le Général… Il m'a convoqué.

– Mais enfin, Georges, on ne convoque pas un président de la République…

– Je sais… Sauf quand on s'appelle Charles de Gaulle. Je suis aussi surpris que toi… Au fait, Jobert reste déjeuner avec nous. Je dois travailler un peu avec lui cet après-midi.

Georges Pompidou reste droit, face au canapé. Ses yeux sont perdus au loin. Il réfléchit. Il marmonne la même phrase que Jobert vingt-quatre heures plus tôt :

– Mais que veut-il me dire ?

3.

Colombey

À midi passé de quelques minutes, l'hélicoptère présidentiel se pose à Chaumont. Georges Pompidou, le seul passager, en sort précipitamment alors que les pales de l'engin tournent encore. Il se dirige vers Alain de Boissieu qui descend de sa voiture. Le président lui serre la main et s'engouffre dans le véhicule.

– Désolé Alain, l'hélicoptère a décollé avec quarante-cinq minutes de retard à cause du brouillard. Nous avons eu un orage terrible hier soir et une brume épaisse a recouvert une bonne partie du Lot. Il a fallu attendre qu'elle se dissipe avec la chaleur. Et comme je ne pouvais pas vous contacter…

– Je comprends parfaitement ! Je commençais à m'inquiéter. Sachez que je me réjouis que vous ayez accepté de rencontrer mon beau-père. Nous n'allons pas traîner. Vous savez que le Général déjeune toujours à 12 h 30 précises.

– Je sais, je sais…, marmonne Pompidou entre ses lèvres.

– En tout cas, il est très heureux de vous voir.

– On verra bien, répond le président d'un ton presque agressif.

Les vingt-cinq minutes du trajet se font en silence. Alain de Boissieu se concentre pour rouler le plus vite possible et Pompidou se tait car il sait que son conducteur ne lui dira rien. La veille, l'atmosphère de quiétude de Cajarc lui avait permis, un temps, de ne plus penser à ce rendez-vous hors norme, mais au matin, en mettant un costume et en nouant une cravate, ce qu'il détestait faire en vacances et quand il faisait chaud, Pompidou a senti monter une forme de pression. Il rumine dans sa tête tout en essayant de se préparer psychologiquement à cette rencontre qui ne peut être un charmant déjeuner à la campagne.

« Pas question que je me fasse avoir par de Gaulle et encore moins que je le laisse m'engueuler, se dit-il en son for intérieur. Je suis son égal, désormais. Enfin, en fonction… Et puis, il m'a fait trop de mal, il nous a fait trop de mal. Il va essayer de me déstabiliser quand je vais arriver, en feignant l'indifférence ou en me provoquant. Il fait cela avec tout le monde. Mais je ne me laisserai pas faire. Je répondrai du tac au tac. Qu'il ne s'imagine pas que je vais lui baiser la babouche. » Il se motivait tel un sportif avant une grande épreuve. La joute verbale à venir serait vraisemblablement rude.

La voiture emprunte désormais l'allée qui mène à la Boisserie. Pompidou reste perdu dans ses pensées. Personne ne sait que le couple de Gaulle avait acheté avant-guerre cette maison en viager, car il n'avait pas un rond. L'ancienne propriétaire était morte six mois plus tard, dans sa baignoire, victime d'un arrêt cardiaque. De mauvais esprits auraient pu s'interroger. Aujourd'hui cette baraque et ce village glacial en hiver, paumés et loin de tout, sont connus dans le monde entier, se dit Pompidou. Il se rappelait le bon mot du Général : « À Colombey, on allume le chauffage central le 15 août et on l'éteint le 14 juillet ! »

La voiture s'arrête et Pompidou sort avec son habituel sourire ironique aux lèvres. Il regarde cette curieuse bâtisse et notamment cette tour rajoutée après le saccage de la Boisserie par les Allemands pendant la guerre. Elle avait été construite en moellons, par souci d'économie. Pompidou se dit que la tour était moins moche depuis que la vigne vierge avait poussé sur les murs et les dissimulait partiellement. Même s'il s'en défend, il demeure toujours impressionné par cette maison. Il pense à la phrase de Mauriac : « Jamais un lieu n'aura été aussi inséparable d'un homme. »

De Gaulle, que l'âge a un peu voûté, mais qui n'a rien perdu en vivacité, traverse la curieuse entrée de cette maison bourgeoise sans ostentation mais dont la porte principale comporte deux colonnes grecques d'un goût discutable. Il tend une main un peu molle à son visiteur. Il conserve dans son allure une majesté et une autorité quasiment palpables. Il porte un costume croisé noir, idéal pour dissimuler son embonpoint, une chemise blanche et une cravate noire. Pompidou, qui l'a pourtant accompagné pendant près de vingt-cinq ans, ne l'a jamais vu habillé autrement.

Comme toujours avec de Gaulle, les premières paroles sont surprenantes, voire inattendues : « Ah, Pompidou, ça tombe bien, j'allais me mettre à table ! » Pompidou sourit. Par nature, le Général aime toujours décontenancer d'emblée ses interlocuteurs. Comme si la venue à Colombey du président de la République française était un non-événement et n'avait pas été provoquée par lui-même. De Gaulle se retourne vers son gendre pour lui proposer de rester déjeuner, mais Boissieu décline, prétextant un rendez-vous urgent à Chaumont. Pompidou sait parfaitement qu'il n'est attendu nulle part et que son beau-père a agi ainsi par pure convenance. Les apparences sont sauves, comme toujours. De Gaulle n'insiste pas et s'engouffre dans la maison. En rentrant dans la Boisserie, Pompidou a des sentiments mêlés. Il trouve que son hôte n'a manifestement en rien perdu sa mauvaise foi habituelle qui parfois l'irritait, mais une fois de plus, la magie opère. Il est à nouveau confronté à un géant de l'histoire qui a conservé toute sa superbe. Il est si souvent venu ici, quelles que soient les fonctions occupées auprès du Général… Il connaît par cœur les meubles vieillots que de Gaulle avait gardés par habitude, vieux réflexe de militaire habitué à déménager souvent, donc à s'encombrer le moins possible. De Gaulle montrait aussi un mépris souverain pour les biens de ce monde, du moment qu'ils remplissaient leur office. Pompidou, qui aime beaucoup le mobilier contemporain, admire cette forme d'ascèse même si elle l'irrite au fond de lui-même car il y voit une sorte de snobisme. Les deux hommes entrent dans la salle à manger. Honorine, la cuisinière, s'active. Deux couverts sont dressés, face à face. De Gaulle indique d'un geste sa place à son invité et s'assoit. L'horloge du salon sonne une fois. Il est 12 h 30.

– Alors, Pompidou, avez-vous fait bon voyage ? Ou devrais-je dire monsieur le président de la République ? dit le Général d'un ton légèrement ironique.

– Mon hélicoptère a décollé avec retard à cause du brouillard. Alain de Boissieu a été obligé de rouler un peu rapidement depuis Chaumont. Heureusement, il n'y avait pas de gendarmes… Imaginez ce que la presse aurait pu dire.

– Je vois déjà les gros titres de *L'Immonde* ou du *Volatile*… À propos, Honorine a préparé du poulet. J'espère que cela vous va. Je vous préviens, il ne vient pas de la basse-cour du jardin. Je ne supporte pas de manger un animal que j'ai connu.

– Je sais. Je me rappelle que vous en aviez beaucoup voulu aux gens de Colombey qui s'étaient occupés d'un mouton que vous avait offert le roi du Maroc. Pas tout à fait de la manière dont vous l'espériez.

De Gaulle balaye d'un grand geste l'évocation de ce souvenir :

– Ne parlons plus de cette horrible affaire. Comment va Mme Pompidou ? Et vous-même ?

– Ma femme va très bien, je vous remercie. Claude s'habitue à sa nouvelle vie de première dame qu'elle n'aime guère. Mais elle fait front. Et vous, mon général, comment vous portez-vous ?

– J'écris, Pompidou, j'écris. Cela me prend tout mon temps. Je n'ai plus une minute à moi. Si vous saviez comme c'est dur de trouver la bonne phrase, les mots justes, la bonne intonation, la bonne musique. Si tout va bien et au rythme actuel, pourvu que Dieu me prête vie, j'aurai fini mes mémoires dans quatre ans.

Honorine rentre dans la salle à manger pour déposer les entrées et se retire aussitôt.

Pompidou reprend :

– Votre gendre a dit à Jobert que vous aviez prévu d'écrire un dialogue entre vous et les grands personnages de notre histoire, en les questionnant sur ce qu'ils auraient fait à votre place ? Cela va être grandiose. Pourquoi avez-vous fait ce choix ? Cela n'a plus rien à voir avec l'histoire de vos actions passées.

– Oh, rien n'est arrêté encore. J'y réfléchis. Je me suis dit qu'en conclusion de ces mémoires et donc d'une vie au service de la France, ce n'était sans doute pas absurde de tenter un dialogue posthume avec tous ces grands dirigeants de notre pays. Philippe le Bel a créé l'État moderne et a permis à la France de dominer le pouvoir temporel de l'Église. Richelieu a relevé le pays après plus de cinquante ans d'anarchie sanglante et Louis XIV l'a amené à un incroyable niveau de grandeur. Vous rendez-vous compte que, pendant la guerre de Succession d'Espagne, alors que la France était ruinée et avait perdu son crédit partout, il réussit à arracher la somme colossale de trente millions de livres au banquier Samuel Bernard, en l'invitant simplement à visiter les jardins du château de Marly et en discutant de la pluie et du beau temps avec lui ? Le prestige et la noblesse de cet homme qui risquait de perdre son royaume étaient sans égal au monde. Cela me fascine. Je me suis aussi demandé si je n'allais pas essayer d'écrire un dialogue posthume avec ces grands écrivains qui avaient la passion de la France : Renan, Péguy, Barrès, Bernanos… Mais j'y ai renoncé. Quelle que soit l'immense admiration que j'ai pour eux, ils n'étaient pas des hommes d'action et je ne me sentais pas d'égal à égal.

Un silence s'instaure. Les deux hommes s'observent.

– Mon général, commence Pompidou, vous vous doutez bien que je vais vous poser une question qui me brûle les lèvres.

– Ah bon ? Laquelle ?

– Pour quelle raison m'avez-vous demandé de venir ?

De Gaulle hésite légèrement :

– J'ai toujours apprécié que vous soyez direct. C'est une immense qualité. Il est vrai que désormais, c'est vous le président de la République, ce qui vous donne le droit d'être impatient. Eh bien voilà, c'est un peu… particulier. Il y a quelques soirs, en sortant de mon bureau, j'ai surpris involontairement une discussion entre ma femme et mon fils. Je n'ai pas une très bonne vue mais j'ai encore l'ouïe fine. Ils parlaient de ma santé. Ils évoquaient des propos de mes médecins au sujet d'une malformation non opérable que j'aurais à l'aorte, découverte lors de ma deuxième opération de la cataracte, après un léger malaise. D'après ce que j'ai compris, cette artère peut se détacher du cœur à tout moment et ce sera fatal. Cela ne m'a guère étonné car mon père et mon frère Pierre sont morts de cette façon. C'est donc probablement congénital. Ainsi les gènes des De Gaulle ont une fragilité... Les médecins ne savaient pas traiter cette affection en 1955, ils ne savent pas mieux le faire aujourd'hui. C'était la question de mon fils à sa mère. Je comprends mieux pourquoi ma famille m'avait suggéré avec beaucoup de tact de rédiger mon testament à cette époque. Vous étiez d'ailleurs destinataire d'un exemplaire et les deux autres ont été remis à mes enfants Philippe et Élisabeth.

Pompidou met la main devant sa bouche :

– Oh, mon Dieu... Je suis horrifié d'apprendre cette nouvelle !

De Gaulle prend un air dégagé :

– Les médecins avaient décidé de me dissimuler cette information puisque cette malformation n'était pas curable, mais de la révéler à mes proches pour qu'ils puissent régulièrement s'informer d'une éventuelle amélioration des techniques. Au début j'étais furieux que l'on m'ait caché cette nouvelle. Aurais-je repris le pouvoir en 1958 si je l'avais su ? Pouvais-je faire courir ce risque à la France d'un président qui pouvait disparaître à tout moment ?

– L'OAS a bien essayé de s'en charger elle-même avec tous ces attentats auxquels vous avez réchappé, souvent par miracle, se souvient Pompidou d'un air songeur.

– Oui, comme si la providence avait voulu veiller sur la France, ce dont je n'ai jamais douté. Je me suis vengé de façon éclatante car j'ai survécu alors que certains de mes médecins ne sont plus. Et puis, la raison l'a emporté. D'abord, je suis assez satisfait de savoir que je vais disparaître de façon foudroyante. Vous imaginez de Gaulle sur un lit d'hôpital, branché de partout, en train d'agoniser ? Très peu pour moi ! Vous savez, Pompidou, cela fait longtemps que je vis avec la mort. Je suis un survivant, depuis 1914. Je ne comprends toujours pas pourquoi j'ai réussi à lui échapper au tout début de la Grande Guerre, lors de l'attaque du pont de Dinant avec mon régiment. Tous mes camarades sont tombés autour de moi. J'avais été blessé au genou pour ma part et je ne pouvais plus bouger. Et pendant un long moment, j'ai entendu les balles entrer dans les corps de mes soldats qui me protégeaient involontairement. Ce n'était manifestement pas mon heure. C'est Dieu qui décide.

– C'est donc parce que je détiens un exemplaire de votre testament que vous avez voulu me prévenir ? demande Pompidou d'un ton hésitant.

– Oui. Il fallait que vous soyez au courant. Je tiens à ce que mes volontés soient strictement respectées. C'est vous aujourd'hui le président de la République.

– Mais mon général, je connais votre testament presque par cœur. Vous voulez être enterré à Colombey, après une cérémonie très simple où aucun représentant de l'État ne sera présent. L'église sera réservée à votre famille et aux compagnons de la Libération. L'armée pourra être représentée mais de la façon la plus sobre possible…

De Gaulle l'interrompt :

– En seront-ils capables ? Ceux-là, dès qu'ils peuvent se montrer en uniforme et faire des mondanités…

– Mais mon général, pourquoi refuser par avance d'aller un jour au Panthéon ? Vous pourriez reposer auprès de Jean Moulin. Je pense même qu'un jour, Malraux, votre ami génial, y sera !

– Ils ont été en effet des serviteurs loyaux et fidèles. Sans eux, tout aurait été plus difficile. Mais le Panthéon est trop mal fréquenté par ailleurs. Vous me voyez discuter de politique avec Victor Hugo ?

– Et à l'Arc de Triomphe auprès du soldat inconnu ?

De Gaulle lève les bras au ciel :

– Inutile, ils finiront bien par donner mon nom à la place de l'Étoile ! Et pourquoi pas aux Invalides à côté de Napoléon pendant que vous y êtes ! Ou à Saint-Denis avec nos rois ? Certains ont été remarquables et de grands hommes d'État. Non, Pompidou, je veux reposer au milieu de la terre de France à laquelle j'ai voué ma vie. Colombey en est le parfait symbole. (Sa voix se brouille.) Et puis il y a d'autres raisons plus… personnelles.

Pompidou se tait. Il a parfaitement compris que de Gaulle ne veut pas abandonner post mortem sa fille Anne enterrée à Colombey depuis 1948. L'émotion de De Gaulle le touche. Cela ne l'empêche pas de soupçonner que le Général ne lui a pas tout dit. Il reprend avec une grande douceur.

– Pardonnez-moi, mon général, vous savez très bien que je respecterai totalement vos volontés, et de toute façon, vos enfants y veilleront. Est-ce donc la seule raison de ma venue ?

Après un léger temps d'hésitation, de Gaulle reconnaît :

– Vous êtes un homme exceptionnellement intelligent, Pompidou. Je l'ai toujours su. Non, ce n'est pas pour évoquer mon testament que je vous ai demandé de venir. Je voulais vous parler en tête à tête. Je suis sûr que c'est le destin qui m'a fait entendre cette conversation entre ma femme et mon fils. Je crois qu'il m'indique que ma fin est proche.

Pompidou fait un geste vif de dénégation.

– Ne dites rien ! lui intime de Gaulle. Je suis en paix avec moi-même et avec Dieu. Je n'ai pas peur de la mort. J'aimerais juste qu'elle me laisse finir mes mémoires, mais je ne le crois pas.

– Que puis-je faire pour vous, mon général ? Voulez-vous que l'on cherche des spécialistes du cœur à l'étranger ? Je ne puis croire qu'en quinze ans, il n'y ait eu aucun progrès de la médecine dans ce domaine.

– Des médecins étrangers ? Jamais ! Quand je pense que pendant mon voyage au Mexique en 1964, juste après mon opération de la prostate, mes médecins m'avaient posé dans la vessie une sonde américaine. Vous m'entendez, américaine ! Si je l'avais su, j'aurais immédiatement refusé. Vous étiez au courant ?

Pompidou sourit :

– Bien sûr que non ! Mais ils n'avaient sans doute pas le choix. La technologie française ne devait pas être fameuse, surtout pour un voyage aussi fatigant…

– Ce n'est pas une raison. Vous imaginez ce qu'auraient pensé ces peuples d'Amérique du Sud s'ils avaient appris que le général de Gaulle qui venait leur parler d'indépendance et leur dire de se défier des

États-Unis avait une sonde américaine dans la vessie ? J'aurais été ridicule ! (De Gaulle se radoucit.) Non, Pompidou, je veux être en accord avec moi-même avant mon rappel à Dieu. Ma famille exceptée, vous êtes la personne que j'ai le plus vue, avec qui j'ai le plus travaillé, échangé, discuté depuis la Libération. Nous avons eu des désaccords. Ils m'ont sincèrement peiné car en fin de compte je vous apprécie. Je sais que vous me reprochez beaucoup de choses, sur Mai 68, sur la grotesque affaire Marković. Moi aussi, j'ai en mémoire certaines de vos initiatives qui m'ont déplu. Je voulais qu'on s'en parle. Je crois que cela peut aussi vous aider dans votre tâche de président de la République et que cette discussion ne sera pas inutile pour la France puisque c'est vous qui désormais présidez à ses destinées. Et c'est cela l'essentiel et la raison de ce déjeuner.

De Gaulle repousse son assiette à dessert qu'il a à peine touchée.

– Venez, allons prendre le café dans le salon.

– Je croyais que les îles flottantes étaient votre dessert favori ? répond Pompidou, stupéfait.

– Je n'ai plus faim. Et puis je ne supporte plus de rester immobile car je n'ai plus le temps. Venez.

4.

Salon

Honorine dépose deux cafés sur une petite table de bridge pendant que de Gaulle et Pompidou gagnent le salon. Celui-ci attrape avec précaution une photographie en noir et blanc, encadrée très simplement.

– Je n'avais jamais vu cette photo. Ce sont bien vos parents ?

– En effet. Je suis tout particulièrement attaché à ce cliché, d'une part parce que ce sont mes parents, et d'autre part parce qu'il a été pris rue Princesse, à Lille, où je suis né. Plus j'approche du terme, plus je vois cette maison natale comme un paradis inaccessible, l'endroit où j'ai été finalement le plus heureux de toute ma vie, avec mes parents, mes grands-parents, mes frères et ma sœur, mes cousins avec qui j'ai passé tant de bons moments à Lille ou sur la Côte d'Opale…

– J'ai une famille bien moins nombreuse que la vôtre mais vous avez raison. Rien ne me fait maintenant plus plaisir que de me retrouver dans ma maison d'Orvilliers ou de Cajarc avec ma femme, ma sœur et mon beau-frère, mon fils et sa femme. Ce sont les seuls moments où je me sens véritablement libre.

– J'ai été très peiné pour vous l'année dernière au moment du décès de votre père.

Pompidou baisse légèrement la tête :

– Je sais et je vous en remercie. J'ai été très touché de votre lettre.

– La perte d'un parent est toujours un moment difficile. Elle vous fait basculer de l'autre côté de la montagne et le versant devient de plus en plus sombre chaque jour. Il y a surtout ces souvenirs, ces histoires, qui restent gravés en mémoire de façon indélébile. Ma mère est morte pendant l'exode, en juillet 1940. Elle s'était réfugiée avec ma nièce Geneviève à Paimpont en Bretagne. J'avais réussi à la voir le 15 juin pour l'embrasser. Je savais que sa fin était proche. Deux jours plus tard, en rentrant en avion de Londres sur Bordeaux, j'avais demandé au pilote de passer au-dessus de Paimpont. Il a même fait un tour autour de la ville sans que je le lui demande. Je ne me suis jamais senti davantage en communion avec elle que ce jour-là.

– Est-il vrai que votre mère a entendu votre appel du 18 juin ?

– C'est une légende familiale. Je n'y crois guère. En revanche, quand le curé du village a dit aux paroissiens qu'un certain général de Gaulle avait lancé, depuis Londres, un appel à poursuivre le combat, elle lui aurait agrippé la soutane en lui disant : « Mais c'est mon fils, monsieur le curé, c'est mon fils ! » Toutes les mères sont semblables...

– Je me rappelle, ce devait être en 1946, je venais tout juste d'être nommé trésorier de la Fondation Anne-de-Gaulle et j'avais rencontré votre nièce Geneviève qui en était venue à me parler des dernières heures de sa grand-mère. Elle lui aurait dit à votre sujet, concernant le 18 juin : « Je reconnais bien là Charles, il a fait ce qu'il devait faire ! »

La voix du Général est légèrement altérée par l'émotion :

– Ma mère était très différente de mon père. Elle était intransigeante, avec la patrie, avec la religion, avec la famille, alors que mon père, qui était un pédagogue-né, avait pris l'habitude de composer, de négocier. Je crois que je tiens un peu d'elle... Je ne sais pas si mon père aurait approuvé le 18 juin. Pour ma mère, cela ne fait aucun doute. Mais voyez-vous, Pompidou, quand elle est morte le 16 juillet 40, mes frères et ma sœur n'ont pu être présents. Elle a été veillée par l'admirable Geneviève. Elle a été enterrée sous le nom de Jeanne Maillot et le faire-part a été censuré par les autorités de Vichy. Pourtant, les habitants se sont pressés dans l'église et les deux gendarmes du village lui ont rendu les honneurs. Quand Geneviève est revenue sur sa tombe quelques jours plus tard, les habitants de Paimpont l'avaient magnifiquement fleurie. C'est un jeune Breton de l'île de Sein qui avait rejoint la France libre à Londres qui m'a apporté la photographie de sa sépulture couverte de fleurs. Cela m'a donné une force considérable. Je savais que j'avais le soutien de ma mère et de la France silencieuse.

Un silence se fait entre les deux hommes. De Gaulle reprend :

– Je me rappelle avoir rencontré votre père une fois fin 1958, à Matignon, où il était venu vous voir.

– Quelle mémoire ! Je ne m'en souvenais plus moi-même.

– Oh si ! Je m'en souviens bien. D'abord il était enseignant, comme mon père. Mais à la différence de celui-ci, il était le parfait exemple, si vous me le permettez, de ces hussards noirs de la République. Évidemment, par atavisme familial, j'ai fait toute ma scolarité dans des écoles privées et je n'aurais pas imaginé une autre solution pour mes enfants. Mais les gens comme votre père sont admirables. Ils ont ancré la République et notre histoire dans l'esprit de toutes les générations. C'est grâce à eux que tous les enfants de France savent lire, écrire et compter, même si aujourd'hui, j'ai quelquefois des doutes avec certains pédagogues.

Pompidou renchérit :

– Je n'avais pas de trop bons rapports avec mon père quand j'étais jeune. Il était si intransigeant ! Il ne connaissait que les études. Ma mère essayait de me protéger mais elle était de santé fragile. Quand je jouais au rugby à Albi, il venait me chercher à la mi-temps si je n'avais pas fini mes devoirs. Plus tard, comme souvent, j'ai pu mesurer à quel point il était bon et que son apparente dureté à mon égard était mue par la profonde ambition qu'il avait pour moi. Ma réussite à Normale et à l'agrégation de lettres classiques a été une immense fierté pour lui car, selon ma mère, j'avais réussi ce que lui, trop pauvre, n'avait pu faire. Les dernières vacances qu'il a passées avec nous en 1968 ont été les plus belles, dans mon souvenir. Il était si heureux d'être auprès de nous ! Puis il a eu une attaque, a été admis à l'hôpital Boucicaut et les médecins m'ont prévenu que son cœur était trop fragile et qu'il nc passerait pas la nuit. Je savais qu'il avait peur de la mort. Alors, pour ne pas l'inquiéter, je suis parti et je lui ai dit : « Bonne nuit papa, dors bien ! » Il m'a répondu avec un grand sourire : « Dors bien toi aussi. » Ce sont les derniers mots que nous avons échangés.

La voix de Pompidou s'est légèrement brisée.

Presque timidement, mesurant l'émotion de son ancien Premier ministre, le Général poursuit :

– Vous savez que mon gendre vous aime beaucoup !

– J'ai moi-même beaucoup d'admiration pour lui, assure Pompidou en se reprenant. J'apprécie tout particulièrement cet incroyable attachement qu'il a pour vous. Je mesure votre chance d'avoir ainsi comme un deuxième fils. Je n'ai pas eu ce bonheur.

– Mais votre fils est un brillant médecin. Combien de petits-enfants avez-vous, déjà ?

– Un seul. Il s'appelle Thomas et il fait notre joie. Quelque chose me dit d'ailleurs qu'il aura bientôt des frères et sœurs.

– Eh bien, dans ce cas, la lignée est assurée. C'est important, une fratrie. Quand nous avons découvert qu'Anne ne serait jamais une enfant comme les autres, ce fut une bénédiction de savoir qu'elle avait un frère et une sœur qui veilleraient sur elle quand nous ne serions plus.

– De toutes les fonctions que j'ai occupées, dit Pompidou, je crois que la plus fondamentale est celle d'avoir été père. Peut-on gouverner un grand pays comme la France sans avoir d'enfants ? Je n'en suis pas sûr. Il vous manque cet instinct de la transmission, ce besoin atavique de préserver les prochaines générations, de leur laisser quelque chose. Vous vous rappelez ce que disait Péguy : « Les pères de famille, ces grands aventuriers du monde moderne. »

– Ah, Péguy… Si vous saviez à quel point je l'ai lu et relu, avec une mention particulière pour *Le Porche du mystère de la deuxième vertu*. J'ai d'ailleurs un reproche à vous faire : ce n'est pas ce poème que vous avez choisi dans votre anthologie de la poésie française.

Atteint dans sa vanité d'auteur, Pompidou réplique vivement :

– Je ne pouvais pas ! Il était trop long. Mais pour autant, je partage avec vous mon admiration pour ce texte qui est sublime. Laissez-moi me rappeler.

Il réfléchit un court instant et déclame :

Ce qui m'étonne, dit Dieu, c'est l'espérance.
Et je n'en reviens pas.
Cette petite espérance qui n'a l'air de rien du tout.
Cette petite fille espérance.
Immortelle.

Pompidou s'interrompt :

– Mon général ?

Il vient de remarquer que de Gaulle est soudain très ému.

– Pardon, dit celui-ci en relevant lentement la tête. Quand j'écoute ces vers, je pense toujours à ma petite Anne. C'est elle, la petite fille de rien du tout. Mais elle a porté un fardeau immense. Celui de l'espérance du monde.

Il récite d'une voix blanche :

Traînée, pendue aux bras de ses deux grandes sœurs
qui la tiennent par la main,
La petite espérance
S'avance.
Et au milieu entre ses deux grandes sœurs
elle a l'air de se laisser traîner.
Comme une enfant qui n'aurait pas la force
de marcher.
Et qu'on traînerait sur cette route malgré elle.
Et en réalité c'est elle qui fait marcher
les deux autres.
Et qui les traîne.
Et qui fait marcher tout le monde.
Et les deux grandes ne marchent
que pour la petite.

– Anne m'a donné une force incroyable. Elle était une grâce. Avec elle, j'étais prêt à tout affronter. Elle me rappelait sans cesse notre fragilité et notre orgueil. Elle était différente bien sûr, mais ô combien attachante. Quand elle est morte dans mes bras, je n'ai su dire à sa mère que : « Maintenant, elle est comme les autres. » En fin de compte, je l'envie. Elle n'a jamais pu faire le mal car elle ne savait pas ce que c'était. C'est une âme pure qui est montée au ciel. Et si je tiens par-dessus tout à être enterré à Colombey, c'est pour reposer pour l'éternité auprès d'elle et pouvoir enfin lui redonner la main outre-tombe. Je sens que ces temps sont proches.

– Vous connaissez mon attachement à la Fondation Anne-de-Gaulle, dit Pompidou en voulant faire diversion. C'est grâce à elle si je suis vraiment rentré dans votre premier cercle.

– Si Donnedieu n'était pas parti ambassadeur en Tunisie et n'avait pas suggéré votre nom pour le remplacer comme trésorier de la Fondation, je ne vous aurais peut-être jamais repéré. Cela aurait été bien dommage. J'entends encore ma femme me dire à cette époque : « Il est bien, ce Pompidou ! » C'est vrai que les notes que vous rédigiez entre 44 et 46 à la place de ce pauvre Brouillet qui avait toujours du mal à être à l'heure pour rendre sa copie étaient toujours claires, simples et allaient droit au but. Vous manquiez juste d'expérience politique. Vous l'avez acquise désormais. J'avais repéré chez vous quelqu'un de prometteur. J'aimais bien le côté grosse tête qui sort de sa campagne. Et puis, vous aviez la plus belle formation qui soit, celle que j'aurais aimé suivre si je n'avais pas fait Saint-Cyr : l'École normale supérieure et l'agrégation de lettres. (Il s'interrompt.) Non, je pense que j'aurais choisi celle d'histoire. J'ai parfois regretté d'avoir fait une carrière militaire. J'y ai rencontré un sacré paquet de cons.

– Même Pétain ?

– Lui, c'était autre chose, dit de Gaulle sur un ton qui n'admettait aucune réplique. Quelqu'un d'assez anticonformiste à la carrière bizarre. Pendant la guerre de 14, il était détesté de l'état-major car il n'approuvait pas les grandes offensives à la Nivelle, qui dépensaient sans compter le sang des hommes de troupe. Ensuite, il a eu la chance de se trouver au bon endroit et au bon moment à Verdun, ce qui lui a assuré une gloire qu'il croyait éternelle. Mais très vite, il a été rattrapé par la politique pour laquelle il avait ce mélange de fascination et de répulsion. Il s'est définitivement fourvoyé en contribuant à faire chasser en 1925 le pauvre Lyautey du Maroc. Celui-ci avait bien des défauts, à commencer par ses mœurs, mais il avait parfaitement compris le devenir de nos colonies. Ensuite, par orgueil, Pétain a voulu se faire élire à l'Académie française et m'a demandé de rédiger un livre sur l'Armée française. Cela faisait déjà plusieurs années qu'il n'y avait plus grand-chose à attendre de ce vieux monsieur. Vous auriez vu sa tête quand nous nous sommes croisés à Bordeaux en juin 40 juste avant que je ne parte pour Londres ! Il était à deux doigts de me faire arrêter.

– Pourtant vous l'avez bien gracié quand il a été condamné à mort !

De Gaulle fait un grand geste de la main comme s'il chassait un argument imaginaire :

– Je n'avais pas le choix et, de toute façon, personne n'aurait compris qu'il soit exécuté. On a bien fusillé Laval, et laissé abattre Darlan. Cela ne m'a posé aucun problème. Pour Pétain, c'est différent. D'abord on n'exécute pas un vieillard et encore moins un ancien héros de la Grande Guerre. Ensuite, n'oubliez jamais qu'en avril 1944, soit quatre mois avant la Libération, une foule tout aussi impressionnante avait accueilli triomphalement Pétain à Paris. Mon problème était simple. Où étaient les compétences pour gérer l'État en 1944 ? Autour de moi, nous n'étions qu'une poignée. D'un côté, il y avait les Américains qui rêvaient de nous traiter comme une colonie. De l'autre, les Soviétiques auraient bien voulu accroître leur influence jusqu'à l'Atlantique avec les communistes français qui étaient une cinquième colonne particulièrement efficace et obéissante. N'oubliez jamais, Pompidou, que les communistes ne sont entrés dans la Résistance que sur ordre de Staline lorsque son territoire a été envahi par la Wehrmacht. Gardez en mémoire l'infamie du pacte germano-soviétique soutenu par le PCF et glorifié par *L'Humanité*. Soyez sûr que les communistes vont continuer à tout faire pour que la France l'oublie ! Bref, Staline n'était pas fou. Il lui fallait simplement survivre à la première attaque fulgurante de l'Allemagne. Ensuite, il savait parfaitement que la taille gigantesque de son territoire allait absorber et dissoudre les Allemands, comme ce fut le cas avec la Grande Armée de Napoléon. Il lui suffisait d'être patient pour retirer les marrons du feu. J'étais donc coincé entre les Américains et les communistes avec une poignée de résistants plus habiles à manier l'explosif qu'à gérer un État. Il fallait bien que je rassemble ce qui restait des élites françaises autour de moi et peu importe qu'elles aient collaboré ou non.

– Je l'ai compris assez vite. La Libération a été comme un déclic pour moi. J'en avais assez de l'enseignement et je voulais contribuer à reconstruire l'État. C'est pour cela que je suis allé voir mon ami Brouillet qui travaillait avec vous. Quand je lui ai dit que je n'avais aucun brevet de résistance, il s'est franchement moqué de moi en me disant que c'était presque un avantage. Selon lui, j'étais normalien, donc a priori une tête bien faite et bien pleine, et j'étais agrégé de lettres, donc en principe je savais écrire. Cela suffisait pour entrer à votre service.

– J'ai tellement entendu cette légende que je vous avais recruté car je voulais « un agrégé sachant écrire ». Je ne suis mêlé ni de près ni de loin à votre embauche et je l'ai découverte plusieurs mois après. Quand on m'a parlé de vous, votre patronyme a attiré mon attention car je trouvais qu'il fleurait tellement bon notre terroir ! De toute façon, je ne pouvais guère faire le difficile. Il me fallait rassembler et réconcilier. Pendant la guerre, il y a eu une poignée de héros qui ont risqué et souvent perdu leur vie en résistant face aux Allemands, et une poignée de salauds qui se sont compromis avec l'envahisseur. Tous les autres cherchaient d'abord à manger et à survivre. Et si cela impliquait quelques compromissions avec le pouvoir ou l'occupant, la faim – F-A-I-M – justifiait les moyens. Tous les palais nationaux, tous les ministères à Paris étaient dans un état impeccable à la Libération. Des fonctionnaires zélés les avaient entretenus et mis sous cloche pour qu'ils puissent servir un jour. L'État était en catalepsie et il a fallu que je le réveille. Je devais aussi rassurer tous ceux qui n'étaient pas très fiers d'avoir été si peu actifs pendant la guerre. Un peu comme vous (Pompidou sursaute discrètement.) Ils n'en ont été que plus dévoués. Comme vous aussi.

– Mon général, vous touchez là un point sensible. J'ai combattu les Allemands en 40, vous le savez, et j'ai essayé de faire preuve de courage. Et jamais je ne me suis compromis avec Vichy. Toujours, j'ai cru à la victoire de la France libre et je l'ai voulue. Mais la période était confuse et les réalités matérielles s'imposaient. Et oui, en effet, j'ai un peu honte d'en avoir fait si peu pendant l'Occupation. Je me rappelle cette période étrange. Nous étions comme en hibernation. On continuait à travailler, bien sûr, pour gagner sa vie, on faisait la queue des heures pour trouver à manger et jamais sans doute le sens de la combine des Français n'a été aussi développé. On était tétanisés par la puissance allemande que l'on voyait partout et dont les soldats se comportaient plutôt bien avec la population. C'est un peu lâche comme sentiment, je l'avoue. Même si j'ai agi par quelques actes contre l'occupant, notamment dans ma fonction de professeur, je ne les ai jamais confondus avec la vraie résistance.

– Il est inutile de vous battre la coulpe. Cette culpabilité m'a été bien utile car ceux que j'ai récupérés comme vous n'en ont été que plus dévoués ! Vous allez encore dire que je suis cynique. Ceux qui m'enquiquinaient davantage, c'étaient les résistants de la dernière heure, qui avaient lutté contre les Allemands une fois ces derniers partis et qui faisaient mon siège pour avoir une place. Et je vous passerai toutes ces nuits consacrées à étudier les demandes de grâce des condamnés à mort pour collaboration avec l'ennemi. Il y a eu entre huit mille et dix mille types qui ont été exécutés sommairement à la Libération, sans oublier ces malheureuses qui ont été tondues par une foule ignoble. J'ai dû pour ma part avoir un petit millier de dossiers de grâce à traiter.

– Et si je me rappelle bien, vous avez gracié toutes les femmes.

– Absolument ! Parce qu'une femme, la pire soit-elle, peut donner la vie. C'est tellement étrange pour nous, les hommes, ce lien qui existe entre une mère et son enfant, le fait de le porter, de le mettre au monde. C'est un mystère. C'est quasiment de l'ordre du sacré pour moi. Yvonne n'était pas d'accord. Elle ne cessait de me dire qu'il n'y avait aucune raison de traiter différemment les femmes des hommes. Elle avait sûrement raison, mais une mystique en moi me disait le contraire.

– Alors que vous avez refusé la grâce de Brasillach, normalien comme moi.

– Je ne le regrette pas le moins du monde, répond de Gaulle. Et je dois dire que toute votre petite communauté de Normale Sup qui ne s'est agitée que pour obtenir sa grâce m'a profondément agacé. Évidemment, Brasillach n'avait pas de sang sur les mains. Évidemment, il était un écrivain et poète de talent, évidemment, il était un intellectuel remarquable. Il n'a tué personne avec une arme, ou sous la torture, mais sa plume a fait bien des ravages en incitant des types qui n'avaient ni sa culture ni ses moyens intellectuels à se vautrer dans la collaboration la plus détestable. Il était sain que des intellectuels à l'abri dans leurs salons bien chauffés qui passaient leur temps à écrire des philippiques contre les résistants et les juifs soient traités de la même manière que ceux qu'ils encourageaient et qui se sont conduits comme des monstres. Au moins Drieu la Rochelle a-t-il eu le bon goût de se brûler la cervelle. Il fallait faire quelques exemples bien choisis pour rappeler aux intellectuels qu'ils ont aussi une responsabilité et qu'on ne peut ni écrire n'importe quoi ni choisir une cause détestable, quel que soit son talent.

Pompidou, ancien normalien, préfère ne pas relever la pique du Général :

– Vous avez raison. Cette période était épouvantable. Les Français ne s'aimaient pas. Et je vous admire encore plus d'avoir tout fait pour les réconcilier.

Un chat gris, aux yeux orangés, qui dormait sur un fauteuil, en descend. Pompidou le montre du doigt :

– Est-il vrai qu'il est le seul être vivant autorisé à venir vous voir quand vous travaillez ?

– Cet animal est étonnant. Même quand la porte de mon bureau est fermée, il réussit toujours à rentrer. Je ne sais pas comment. Il aime s'installer à mes côtés, et il a le bon goût néanmoins de ne jamais déranger mes feuilles. Quand je pars faire une promenade dans le jardin, il me suit parfois. Je n'ai jamais compris pourquoi. J'apprécie sa présence. Curieusement, elle m'aide à réfléchir. Vous voyez, Pompidou, le mystère des chats est une invitation à la méditation. Yvonne dit par ailleurs qu'il chasse les souris, même si je ne l'ai jamais vu en attraper une seule…

– Les chats des fermes de nos enfances ne pouvaient compter que sur eux-mêmes pour survivre. Ils étaient de redoutables chasseurs, ce qu'attendaient d'eux les paysans. Les chats de nos jours sont trop nourris. Pourquoi se fatigueraient-ils à chasser alors qu'ils ont toujours le ventre plein ? Néanmoins, il est curieux de constater que l'instinct est parfois plus fort que la nécessité.

– Vous avez raison, approuve de Gaulle.

Pompidou sourit. Il avait réussi à introduire habilement une question qu'il avait toujours eu envie de poser au Général :

– Est-ce par instinct ou par nécessité que vous avez prononcé votre discours du 18 juin à Londres ?

– Excellente question ! Les deux, évidemment. Par instinct d'abord parce qu'au plus profond de moi-même, j'étais persuadé que la France ne pouvait jamais être totalement vaincue. Vous rendez-vous compte du nombre de fois dans notre histoire où notre pays a été à deux doigts de disparaître, mais s'est toujours ressaisi, comme par miracle ? Et, chaque fois, un homme providentiel a surgi. Parfois, ce furent des femmes. Par exemple sainte Geneviève qui arrêta, à force de prières, les Huns devant Paris.

– Vous êtes certain que c'est grâce à cela ?

– Pas trop. Je pense surtout que les Huns n'avaient aucun intérêt à passer par Paris. Ils étaient pressés de retrouver les troupes d'Aetius sur les champs Catalauniques pour engager la bataille suprême. Mais l'avantage de la prière est de pouvoir lui imputer des miracles. J'ai un autre exemple, cette fois probant : Jeanne d'Arc. Cette jeune fille, issue d'une famille modeste, qui ne savait ni lire ni écrire, réussit à sauver le royaume, à faire sacrer le roi à Reims, et à prendre l'ascendant sur les plus grands capitaines de son temps ! Elle n'avait même pas dix-huit ans ! Dans quel autre pays que la France est-ce possible ? Mais il y a d'autres cas ! Rocroi, en 1643. Richelieu est mort, Louis XIII est agonisant, la Régente est étrangère et le jeune Louis XIV a cinq ans. La France est envahie par l'Espagne, par le nord via les Pays-Bas espagnols avec les meilleures troupes ibériques de cette époque, les Tercios Viejos, dirigées par un immense soldat, hélas français, le maréchal Fontaine. En face, les armées françaises n'ont pas été payées, elles sont démoralisées et savent qu'elles vont être confrontées à un ennemi supérieur en nombre et en valeur militaire. Leur nouveau général, qui entrera dans l'histoire sous le nom du Grand Condé, est un gamin de vingt ans sans aucune expérience de la guerre. Pourtant, il va montrer une bravoure incroyable, il manœuvre brillamment, en pleine nuit, et réussit à réduire les troupes espagnoles qui avaient sans doute fait un complexe de supériorité. Le vieux Fontaine trouvera la mort dans la bataille ! La France est sauvée. Je n'ai jamais trop cru que la providence puisse intervenir sur un champ de bataille, mais je finis par me poser des questions.

– Tout cela n'explique pas pourquoi vous avez prononcé votre appel du 18 juin !

– C'est grâce à Louis XIV. Sans lui, il n'y aurait jamais eu d'appel.

– Alors là, je ne comprends pas du tout, s'étonne Pompidou. Que voulez-vous dire ?

De Gaulle se lève avec un sourire énigmatique aux lèvres. Il chausse ses grosses lunettes et cherche un livre dans sa bibliothèque qu'il trouve rapidement et qu'il ouvre. Après avoir tourné quelques pages, il lit.

« Messieurs, l'espérance d'une paix prochaine était si généralement répandue dans mon royaume que je crois devoir à la fidélité que mes peuples m'ont témoignée pendant le cours de mon règne la consolation de les informer des raisons qui empêchent encore qu'ils ne jouissent du repos que j'avais dessein de leur procurer.

J'aurais accepté, pour le rétablir, des conditions bien opposées à la sûreté de mes Provinces frontières ; mais plus j'ai témoigné de facilité et d'envie de dissiper les ombrages que mes ennemis affectent de conserver de ma puissance et de mes desseins, plus ils ont multiplié leurs prétentions… Ils m'ont également fait voir que leur intention était seulement d'accroître aux dépens de ma Couronne les États voisins de la France, et de s'ouvrir des voies faciles pour pénétrer dans l'intérieur de mon Royaume, toutes les fois qu'il conviendrait à leurs intérêts de commencer une nouvelle guerre…

Je passe sous silence les insinuations qu'ils m'ont faites de joindre mes forces à celles de la Ligue, et de contraindre le Roi mon petit-fils [le roi d'Espagne] à descendre du Trône, s'il ne consentait pas volontairement à vivre désormais sans États, et à se réduire à la simple condition d'un Particulier. Il est contre l'humanité de croire qu'ils aient seulement eu la pensée de m'engager à former avec eux une pareille alliance. Mais quoique ma tendresse pour mes peuples ne soit pas moins vive que celle que j'ai pour mes propres enfants, quoique je partage tous les maux que la guerre fait souffrir à des Sujets aussi fidèles, et que j'ai fait voir à toute l'Europe que je désirais sincèrement de les faire jouir de la paix, je suis persuadé qu'ils s'opposeraient eux-mêmes à la recevoir à des conditions également contraires à la justice et à l'honneur du Nom Français.

Je veux que mes peuples, dans l'étendue de votre Gouvernement, sachent de vous qu'ils jouiraient de la paix, s'il eût dépendu seulement de ma volonté, de leur procurer un bien qu'ils défirent avec raison, mais qu'il faut acquérir par de nouveaux efforts, puisque les conditions immenses que j'aurais accordées sont inutiles pour le rétablissement de la tranquillité publique.

Signé : Louis »

De Gaulle interroge son interlocuteur :

– Alors, vous avez trouvé ? Vous avez compris ?

– Quelle langue sublime ! s'exclame Pompidou avec enthousiasme. Il n'y a qu'au XVIIe que l'on écrivait aussi bien…

– Vous n'êtes pas passé loin. Ce document date de 1709. C'est l'appel du 12 juin de Louis XIV. Rappelez-vous. Nous sommes à la fin de la guerre de Succession d'Espagne. La France est en mauvaise posture. Elle vient de vivre un hiver terriblement froid qui a tué près de six cent mille Français. L'Europe est coalisée contre la France et veut imposer une paix léonine. Le territoire national est sur le point d'être envahi par Marlborough et le prince Eugène. Alors Louis XIV décide de prendre son peuple à témoin. Il fait lire cet appel dans toutes les paroisses de France et il appelle ses sujets à la résistance. Alors que ces derniers sont exsangues, perclus d'impôts et de taxes, ils vont offrir un dernier sursaut, avec une levée de quarante mille hommes. La bataille n'est pas encore terminée, mais la France a résisté à l'envahisseur. Trois ans plus tard, à Denain, Villars écrase les troupes d'Eugène, et la paix est signée un mois après. Déjà l'esprit de résistance animait le pays !

– Si je vous suis bien, c'est en pensant à ce texte de Louis XIV que vous avez eu l'idée d'écrire votre appel du 18 juin ? Mais c'est à peine croyable !

– Que croyez-vous donc ? J'avais évidemment lu ce texte en préparant *La France et son armée*, que je devais écrire pour permettre à Pétain de candidater à l'Académie française. Cet appel m'avait frappé par sa modernité. Pour la première fois de l'histoire, un souverain s'adressait à tous ses sujets et leur demandait de l'aider à résister à l'ennemi envahisseur. Oh, rassurez-vous, je ne me prenais pas pour Louis XIV – Roosevelt pensait déjà que je singeais Napoléon – mais je me suis dit qu'avec un peu de chance, ce sursaut que le grand roi avait obtenu de son peuple pouvait être réédité en 1940. J'ai eu tort et raison à la fois. Vous savez, Pompidou, les gestes les plus fondateurs dans l'histoire d'un pays viennent rarement du fruit de la pure et simple imagination. Ils sont comme la France. Ils viennent du fond des âges...

– Je me demande bien ce qu'auraient dit les Français s'ils avaient su que l'appel du 18 juin avait été inspiré par Louis XIV.

– Ils auraient trouvé cela normal, dit de Gaulle avec assurance. Par ailleurs, entre personnages historiques, il est logique qu'on se file des petits coups de main.

Les deux hommes s'esclaffent.

– Il n'empêche qu'à la différence de Louis XIV, j'ai été élu, moi.

– Difficile de faire un plus bel hommage à notre République.

De Gaulle prend alors sa célèbre voix de fausset qui avait mis les rieurs de son côté lors de sa conférence de presse de 1958 :

– Pourquoi voudriez-vous qu'à bientôt quatre-vingts ans, je finisse par une carrière de dictateur ? J'ai un bon souvenir de cette conférence de presse de 1958. Tous les journalistes et une bonne partie de la gauche pensaient que je prenais le pouvoir pour instaurer une dictature. Étaient-ils stupides ! C'était précisément pour éviter un putsch de militaires pas très malins que je suis revenu aux affaires. Je ne m'y attendais pas. Je n'y croyais plus. Je n'étais pas prêt. Heureusement que j'ai pu compter sur des gens comme vous !

Pompidou fait un geste modeste en rosissant de plaisir.

– J'ai bien fait de vous recruter comme directeur de cabinet à Matignon, reprend de Gaulle, quand j'ai été nommé dernier président du Conseil de la IVe République agonisante, même si je savais parfaitement que vous étiez sceptique sur ce retour spectaculaire de De Gaulle sur la scène nationale. Vous aviez surtout ce talent incroyable de savoir quand une décision était stratégique et nécessitait mon arbitrage et quand elle ne l'était pas. Vous avez porté de surcroît l'un des moments de notre histoire où sans aucun doute notre pays s'est le plus réformé depuis Napoléon. Il en avait bien besoin, me direz-vous. Vous m'aviez quand même agacé à cette idée de vouloir retourner au plus vite chez Rothschild.

– J'avais une très forte pression de ma femme sur le sujet. Mettez-vous à ma place : j'avais une excellente situation, je gagnais très bien ma vie, j'avais tous les loisirs que je souhaitais, j'avais le temps de lire et je fréquentais des artistes. Au lieu de cela, vous me proposiez une vie de moine reclus, mal payé et qui n'offrait rien d'autre que des coups à prendre !

– Voilà bien une idée de jeune. Le confort matériel, rien que le confort matériel. Et le service de la France, vous en faites quoi ?

Pompidou se récrie :

– Précisément, ne vous ai-je pas suivi et servi fidèlement ?

– Dites-vous quand même qu'il fallait que j'aie besoin de vous pour accepter un tel marché. Vous êtes l'une des rares personnes à avoir eu la main sur le général de Gaulle.

– Je me suis rendu compte sur le tard que je venais d'entrer dans ce cercle très fermé ! En tout cas, j'ai rarement été aussi impressionné et ému que lorsqu'une fois élu président de la République, vous m'avez demandé de vous accompagner dans votre voiture qui descendait les Champs-Élysées. Je me suis tassé sur mon siège autant que j'ai pu.

– Oui, vous n'aviez pas l'air très à l'aise ! ironise de Gaulle. Mais je vous devais bien ça. Par la suite, vous m'avez encore agacé en refusant des postes importants de ministre dans le gouvernement Debré. J'avais bien compris que dans votre esprit, c'était Matignon ou rien. Là encore, péché d'orgueil, Pompidou ! Et de Gaulle n'aime pas qu'on lui force la main.

– Mon général, vous pourriez parler d'orgueil, mais je me voyais assez mal sous les ordres de Michel Debré... Il m'était apparu assez évident qu'il ne vous satisfaisait pas pleinement, même s'il vous était utile pour calmer les ultras d'Algérie !

De Gaulle soupire :

– Debré me fatiguait. Tout était un drame pour lui. Son discours au moment du putsch des généraux de 1961 était ridicule.

Pompidou se met à imiter Debré en prenant son ton mélodramatique :

– Dès que les sirènes retentiront, allez-y ! À pied ou en voiture, convaincre des soldats trompés de leur lourde erreur.

– Il avait oublié ceux qui pouvaient y aller à cheval ! Plus sérieusement, j'avais déjà décidé de changer de Premier ministre lorsque l'indépendance serait donnée aux Algériens. J'hésitais entre Louis Joxe et vous. J'ai longuement pesé le pour et le contre. Et c'est vous que j'ai choisi, même si votre expérience politique était réduite, ce qui aurait pu me gêner. Je voulais restaurer l'image de la France dans le monde après être sorti du bourbier algérien qui nous avait mis au ban des nations. J'avais donc besoin d'un Premier ministre qui soit un bon chef d'orchestre – vous l'aviez démontré comme directeur de cabinet en 1958 – et qui ait surtout pour obsession de développer la puissance économique de la France. Dans le contexte international des années 60, j'avais fini par comprendre que la France ne serait entendue dans le monde qu'à la condition de restaurer sa puissance économique. Je savais que c'était votre dada.

– Je vous dois une confidence. J'étais tétanisé de peur quand j'ai fait mon premier discours de politique générale à l'Assemblée nationale.

– Oui, cela se voyait et votre propos n'était pas bon, dit de Gaulle. Il n'était vraiment pas bon… En revanche, je n'avais pas prévu que vous alliez me résister aussi vite… Me résister tout court, d'ailleurs. C'était assez inédit.

– Lorsque je vous ai menacé de démissionner parce que vous aviez refusé la grâce du général Jouhaud après sa condamnation à mort pour sa participation au putsch de 1961 et à l'OAS ? Heureusement que je l'ai fait !

– Mais qui vous dit que je ne l'aurais pas gracié in fine ?

Pompidou s'offusque :

– Mon général, pardonnez-moi, mais vous êtes de mauvaise foi !

– Je ne vous permets pas, Pompidou ! Il fallait bien que je fasse un exemple. Vous croyez que cela a été facile pour de Gaulle de donner l'indépendance à l'Algérie ? N'étais-je pas le mieux placé pour savoir que notre Empire nous avait sauvés de la destruction et de la disparition en 1940 ? Que mon aventure à Londres se serait arrêtée très vite si Félix Éboué, grand Guyanais s'il en fut, n'avait pas rallié le Tchad à la France libre, permettant ensuite aux autres territoires de l'Afrique équatoriale française de me rejoindre dans la lutte ? Vous croyez que ce fut simple pour un homme comme moi et de ma génération d'admettre que tous ces peuples d'Afrique ou d'Asie grâce auxquels la France était demeurée une grande puissance jusqu'à la Seconde Guerre mondiale devaient reprendre leur destin en main ?

– Vous êtes le premier à avoir compris que l'indépendance était inéluctable.

– Presque, nuance de Gaulle, Lyautey l'avait pressenti. J'avais compris ces aspirations pendant la guerre, lors de toutes mes tournées dans les territoires africains libérés. C'est bien pour cela que j'avais entrouvert une porte dans mon discours de Brazzaville en 1944. Les peuples de toute l'Afrique, y compris du Maghreb, n'ont pas été longs à saisir la main tendue et ils ont eu raison. Toute l'Afrique noire, Madagascar compris, le Maroc et la Tunisie avaient pris leur indépendance et l'Algérie devait rester française ? Le problème est que les politiciens de la IVe, à commencer par l'arsouille Mitterrand (il prononce « Mitran »), avaient persuadé tout le monde que l'Algérie, c'est la France. La bonne blague ! Je veux bien admettre que l'Algérie n'a pas beaucoup existé en tant qu'État par le passé, mais les Algériens ? Vous croyez vraiment qu'ils se sentaient français et qu'ils avaient le sentiment de descendre de Clovis et de Jeanne d'Arc ? Outre le fait qu'ils étaient scandaleusement exploités par les Français d'Algérie, rien dans leur culture, dans leurs coutumes, dans leur religion, n'était français. C'était une fiction totale.

– Mais, mon général, vous savez comme moi que vous ne seriez jamais revenu au pouvoir en 1958 s'il n'y avait eu cette menace d'un coup d'État de l'armée depuis l'Algérie. Je n'ai pas du tout trempé dans ces affaires, mais j'ai cru comprendre que pas mal de vos proches ont été mêlés à ce complot qui menaçait la République. Si vous n'aviez pas été là, on aurait très bien pu connaître en France un régime comme celui de Franco ou de Salazar !

– C'est bien pour cela qu'il fallait manier toute cette affaire avec subtilité. Si les militaires à Alger étaient persuadés que j'étais le seul à pouvoir conserver l'Algérie à la France, tant pis pour eux. Mais je n'allais pas m'interdire d'utiliser cette menace pour revenir au pouvoir et sauver une nouvelle fois le pays. Il n'y a pas un sport qui se pratique de façon identique ?

Pompidou sourit à cette évocation si étrange dans la bouche du Général :

– Si, le judo. On utilise la force de l'adversaire pour le renverser et triompher. Vous venez de démontrer une nouvelle fois que vous êtes sans égal, à mes yeux du moins, pour déterminer le moment précis où, comme un acteur, vous devez faire votre entrée dans une pièce qui se joue depuis longtemps.

– J'ai toujours cru que l'Algérie serait un jour indépendante. J'essayais juste de trouver une solution la plus française possible. Cela aurait été pas mal de garder le Sahara, ne serait-ce que pour le pétrole ou les essais nucléaires, mais j'en ai été empêché par ces crétins d'officiers en Algérie qui se sont révoltés et ont créé l'OAS. À partir du moment où ils jouaient à la politique de la terre brûlée, il fallait partir le plus vite possible, et peu importent les conséquences, car il en allait de l'intérêt de l'État.

– C'est faire peu de cas de nos compatriotes qui ont été obligés de tout abandonner sur place quand ils n'ont pas été assassinés par le FLN. Il en fut de même pour les harkis qui avaient prêté serment de fidélité à la France et que nous avons laissés se faire massacrer dans des conditions ignobles par l'armée algérienne.

De Gaulle s'insurge :

– Vous croyez que je ne le savais pas ? Que cela ne me touchait pas ? Je vous l'ai souvent dit, Pompidou, quand on fait de la politique avec moi, on ne fait pas de sentiment, surtout quand l'intérêt de la France est en jeu. C'était ma seule obsession. Il fallait se dégager au plus vite de ce bourbier. Il en allait de l'avenir du pays. Peu importent les dégâts collatéraux. L'histoire de l'Algérie est pleine de meurtres et de massacres entre populations indigènes. De surcroît, nous ne nous sommes pas comportés de façon exemplaire avec les membres du FLN que nous capturions. Pas étonnant qu'une fois au pouvoir, ils se mettent à haïr la France. On le voit bien depuis 1962 : c'est une clique de militaires incompétents et peu honnêtes qui a pris le pouvoir après s'être entretués, et ils ne pourront se maintenir qu'en se fondant sur la haine de la France. Cela va durer des années. C'est tellement plus simple de dire que tout est la faute d'un Autre fantasmé alors qu'ils sont paresseux et corrompus. Bourguiba ou Hassan II étaient moins bêtes… Il fallait une rupture rapide et totale avec l'Algérie. Je l'ai faite.

– Certes, mais non sans conséquences quand on pense à tous les attentats de l'OAS dont vous avez plusieurs fois failli être la victime, au mont Faron, à Pont-sur-Seine ou au Petit-Clamart. Je ne dormais plus lorsque je savais que vous vous déplaciez.

– L'énorme avantage avec ces militaires félons, avec l'OAS et avec l'extrême droite en général, est qu'ils sont idiots et rarement très courageux. Ils ne sont pas du style à se sacrifier pour une cause… Vous croyez que je ne savais pas que les types de l'OAS étaient largement financés par la CIA ? Nos bons amis des États-Unis étaient tellement inquiets de voir la France vouloir obtenir son indépendance nucléaire qu'ils n'auraient pas été tristes de me voir disparaître. Là encore, ils n'étaient pas des aigles... D'une certaine manière, tant mieux pour moi. De toute façon, l'extrême droite m'a toujours détesté, ne serait-ce que parce que, avant-guerre, je n'ai jamais compris leur antisémitisme qui frôle la maladie mentale, et surtout j'avais osé remettre en cause l'autorité de Pétain qui incarnait leur idéal de vie bourgeoise racornie, repliée sur elle-même, incapable de penser plus loin que le bout de son nez. C'est bien joli de dire que c'était mieux avant, mais ce n'est pas une politique. Ou alors c'était mieux d'avoir une mortalité infantile énorme, de voir les femmes mourir en couches et l'espérance de vie ne pas dépasser trente ans ? C'est ça, leur idéal et leur espoir ?

– Je suis entièrement d'accord avec vous, acquiesce Pompidou. Néanmoins, je serais moins optimiste. Je ne crains pas l'extrême droite aujourd'hui. Mais que se passera-t-il si demain le pouvoir devient faible ou que la gauche comprend que le meilleur moyen de détruire la droite est de faire monter son extrême ?

– C'est bien pour cela qu'il fallait les éradiquer au plus vite et faire des exemples. L'exécution de Jouhaud aurait fait réfléchir.

– Mais pas du tout ! Vous étiez surtout fou de colère que le haut tribunal militaire ne condamne pas à mort le général Salan qui était le chef de Jouhaud, seul pied-noir parmi les généraux félons, et vous avez voulu passer votre mauvaise humeur sur ce dernier en refusant sa grâce. Il a fallu que Foyer, votre pauvre garde des Sceaux, et moi usions de trésors de diplomatie pour vous faire changer d'idée. Et que n'a-t-on pas pris de votre part ! Nous étions des mous, des lâches, des timorés, indignes de diriger l'État. Il a fallu que je mette ma démission dans la balance ! Pour vous protéger ! Et croyez-moi, je n'en avais pas envie. Mais surtout, je ne comprenais pas que le féru d'histoire de France que vous êtes n'ait pas vu tout de suite l'analogie avec l'exécution du duc d'Enghien dans les fossés de Vincennes par Napoléon. « Pire qu'un crime, c'est une faute. » Vous auriez eu l'air malin avec le cadavre de Jouhaud sur les bras. Cela aurait encore plus excité les plus radicaux de l'OAS et ils n'auraient peut-être pas envoyé un malade mental et une poignée de nullités pour vous tirer dessus au Petit-Clamart. Quand Bastien-Thiry a été condamné à mort, après son attentat, je n'ai rien fait et rien dit. Il le méritait. Non seulement il n'avait pris aucun risque dans l'opération, mais surtout cela ne posait aucune difficulté à ce soi-disant chrétien de tirer sur une femme innocente.

– Sur ce point, je suis bien d'accord avec vous, approuve de Gaulle. Et j'avoue que constater votre caractère ne m'a pas déplu. Mais vous avez vu que j'ai vite réfléchi et que je suis revenu sur ma décision s'agissant de Jouhaud. J'en ai même profité pour vous donner une petite leçon. Vous faisiez une drôle de tête quand je vous ai dit que je ne pouvais quand même pas changer de Premier ministre au bout de quinze jours et que c'était la seule raison pour laquelle je graciais Jouhaud. Que des haut gradés soient stupides, j'ai l'habitude et je pourrais dresser un annuaire. Mais qu'ils se révoltent contre l'État qu'ils sont censés servir, c'est la pire des choses et il faut être impitoyable.

Les deux hommes observent un court moment de silence. De Gaulle décide de relancer la conversation de façon un peu abrupte :

– En tout cas, je voulais vous féliciter pour votre fidélité aux institutions de la Vᵉ République.

– Mon général, vos propos m'étonnent. À votre demande, j'ai suivi tous les travaux entre juin et septembre 1958 sur l'élaboration de notre constitution avec Debré et son équipe. Je savais toute l'importance que vous y accordiez. Moi-même, j'avais mesuré à quel point les institutions de la IVᵉ République avaient mené la Francc au bord du gouffre. Pourquoi auriez-vous voulu que je ne fusse pas fidèle à votre principal héritage ?

– Voyez-vous, dans mon entourage, certains insinuaient que la Ve République sans de Gaulle allait disparaître.

Pompidou se récrie :

– C'est absurde ! Je mesure tous les jours que cette Constitution est extraordinaire d'équilibre. L'exécutif dispose de tous les pouvoirs pour diriger le pays mais il ne peut le faire sans l'approbation de la majorité à l'Assemblée nationale. Le coup de génie de votre part a été d'utiliser l'attentat du Petit-Clamart pour imposer l'élection du président de la République au suffrage universel direct. Que n'a-t-on pas entendu comme stupidités de la part de l'opposition à cette occasion !

– Avant que je ne quitte l'Élysée, on m'a montré un film qui s'appelait *Un idiot à Paris*. Oh, ce n'est pas un chef-d'œuvre, mais c'est plutôt distrayant et les plus âgés de mes petits-enfants ont beaucoup aimé. Une réplique de Robert Dalban a attiré mon attention : « Je suis ancien combattant, militant socialiste et bistrot. C'est vous dire si dans ma vie, j'en ai entendu des conneries ! »

– J'avais bien compris à l'époque que cette réforme majeure n'était pas tellement pour vous. De par votre stature et votre prestige, vous n'aviez pas besoin d'affermir votre pouvoir. En fait, pour éviter les errements des deux précédentes Constitutions, vous avez voulu accroître la légitimité de vos successeurs. Et je suis persuadé que si un jour un président de la République non gaulliste est élu, il s'y conformera et ne changera rien. Dans la pratique du pouvoir, je m'interroge simplement sur la durée du mandat présidentiel. Sept ans, voire quatorze ans au pouvoir, c'est bien long. Est-ce que cinq ans ne serait pas plus raisonnable ?

– Ne faites surtout pas cela ! répond de Gaulle d'un air inquiet. Ce serait absurde car votre mandat aurait la même durée que celui des députés. Si vous avez la majorité à l'Assemblée nationale, ce qui est probable, cette dernière va se comporter comme un béni-oui-oui sur tous vos projets et le pouvoir sera gravement déséquilibré en faveur de l'exécutif, ce qui n'est pas sain. Si vous n'avez pas la majorité, dans ce cas le pays sera ingouvernable, retombera dans les pires errements de la IVe République avec censure du gouvernement et désordre à l'appui. Dans cette hypothèse, la seule solution politique possible pour le président de la République, conforme au respect du suffrage universel qui est la base de tout, et à l'intérêt de la France, est de démissionner.

– Je vais y réfléchir. Il n'empêche que pour la première élection présidentielle au suffrage universel en 1965, vous m'avez causé des sueurs froides. Vous n'étiez pas clair sur votre intention de vous représenter. Je me souviens de Mme de Gaulle me disant que vous deviez vous reposer, que vous en aviez assez fait et qu'il fallait que je vous incite à vous retirer…

– Cela n'aurait pas été si absurde. Vous auriez pu alors me remplacer. J'ai essayé de vous tester. Je vous avais emmené en Bretagne et j'avais pu mesurer que votre popularité n'était pas si importante que cela. Et puis, quand à plusieurs reprises j'évoquais la possibilité de vous laisser me succéder, je ne vous ai jamais senti très enthousiaste !

– Mon général, pardonnez-moi, reprend Pompidou, un brin agacé. Aujourd'hui, nous nous parlons de président à président. Je ne prétends pas être votre égal car vous êtes un personnage historique mais au moins nous avons été tous les deux élus au même poste. Vous me devez la vérité. Oui ou non, avez-vous hésité à vous représenter en 1965 ?

– Comme vous y allez ! Vous avez toujours été très bon, Pompidou, mais je vois que, lorsque vous êtes piqué à vif, vous devenez excellent. J'aurais dû vous titiller davantage.

Pompidou fait un geste très vif de dénégation.

De Gaulle reprend :

– Bon, je peux vous le dire maintenant, mais vous l'aviez compris. J'ai toujours eu l'intention de me représenter en 1965. J'ai juste commis une erreur d'analyse. Ma stratégie était d'être candidat au dernier moment et de ne pas faire campagne, car je voulais marquer clairement la différence avec mes adversaires et ne pas m'abaisser à leur niveau : Lecanuet qui a trop bu de vin de messe, l'arsouille Mitterrand qui a toujours trahi tout le monde, notamment en faisant croire qu'il était de gauche, le facho Tixier comme disent les jeunes... Très peu pour moi. Mais ce fut une erreur et j'ai été mis en ballottage. J'ai failli tout abandonner au soir du premier tour. À la fois parce que les Français ne me faisaient plus confiance et parce que je m'étais trompé. Peut-être étaient-ce les premiers signes de l'âge...

– Là encore, vous m'avez mis dans une position très inconfortable. Je ne savais trop que faire. Et si au dernier moment vous aviez décidé de ne pas vous représenter ? J'ai toujours pensé que j'étais le plus légitime pour vous succéder, mais encore faut-il mener campagne, que tous les gaullistes soient rassemblés autour de moi, que vous-même vous m'adoubiez. Je sentais bien que l'on était très loin de tout cela.

– Rassembler les gaullistes, sourit de Gaulle. Vaste programme ! Les jours passant, vous deviez bien vous douter que je me représenterais.

– Oui mais une fois de plus, vous n'avez pensé qu'à vous. Je comprends et approuve votre stratégie qui aurait pu fonctionner, même si elle s'est retournée contre vous. Mais vous n'avez que faire des inquiétudes et angoisses de vos proches. Ce fut encore pire au soir du premier tour où vous avez été mis en ballottage. Nous avons été nombreux à penser que vous alliez tout abandonner. Vous l'avez écrit vous-même : « Une vague de tristesse a failli m'entraîner au loin. »

– Mais, Pompidou, soyez sérieux. Je n'aurais jamais abandonné la France ! Si j'avais renoncé alors, j'aurais laissé le pouvoir à ce politicard de Mitterrand ? Ce n'était pas envisageable !

– Mon général, cela signifie deux choses. D'une part, vous n'avez jamais envisagé la possibilité même d'avoir un successeur et, d'autre part, vous ne me jugiez pas digne de la fonction. Pourtant, les Français l'ont décidé.

– Puisque c'est vous, je puis vous avouer en effet que penser à mon successeur n'a jamais été pour moi un moment de plaisir. Pour autant, et quelles que soient les vicissitudes qui nous ont opposés, vous le savez bien parce que je vous l'ai écrit, j'ai toujours considéré que vous étiez mon successeur naturel. C'est vous qui aviez le plus d'expérience, et tout simplement le plus de talent, de compétence et d'intelligence.

De Gaulle se lève et va humer l'air à la fenêtre qui était restée ouverte :

– Il ne fait pas trop chaud, allons faire quelques pas dans le jardin.

5.

Jardin

La température avoisine les 25 degrés. Le soleil darde ses rayons entre les nuages. Ce n'était pas cette chaleur étouffante que de Gaulle, homme du Nord par excellence, n'aime pas. Il redoute de surcroît la lumière trop crue qui agresse ses yeux fragiles. Aussi se met-il rapidement à l'ombre des grands arbres du jardin avec son visiteur qui le suit d'un pas flânant. Comme par habitude, Pompidou marche quelques pas derrière la silhouette du Général. Vingt-cinq années de collaboration au service de l'ancien président de la République laissent quelques réflexes. Le Général marque d'ailleurs son étonnement et se retourne par deux fois comme pour signifier à son ancien Premier ministre qu'il attend qu'il se mette à sa hauteur, ce que ce dernier fait rapidement.

Pompidou comprend que le Général veut faire un long monologue :

– J'aime les arbres. Ils me donnent un sentiment d'éternité. Je sais qu'ils seront toujours là quand j'aurai disparu et qu'ils continueront de grandir. Regardez, on aperçoit le clocher de l'église de Colombey. En fait, la France, ce sont des champs, des arbres et des églises. Tout le reste n'est que l'orgueil de l'homme. Vous verrez que même mes adversaires de gauche reprendront un jour ces symboles. Ce sera le seul moyen pour eux d'être élus.

De Gaulle marque une pause et reprend en désignant le clocher :

– On aurait pu tout aussi bien avoir une mosquée au bout du jardin si, en 732, l'émir Abd al-Rahman avait réussi son coup et avait conquis la France après que ses prédécesseurs ont fait de même avec l'Espagne. La France et l'Europe de l'époque étaient incapables de résister à la vague incroyable de ce peuple sorti de Médine et de La Mecque qui, au nom de sa foi, a conquis quasiment tout le monde connu en un temps record. Mais il y a eu Charles Martel. Sinon, l'Europe serait musulmane jusqu'à la Tamise. Oh, je n'ai aucune prévention contre cette religion que j'ai beaucoup observée quand j'ai résidé avant-guerre à Beyrouth, bien au contraire ! J'aime bien ces cinq prières qui rythment la journée et qui obligent à la spiritualité. Leur ramadan ressemble peu ou prou à notre carême, les musulmans n'abandonnent pas les vieux dans des hospices et ils sont obligés de faire l'aumône aux pauvres. Mais c'est Charles Martel qui a gagné, et la France est désormais catholique depuis quinze siècles. C'est un fait. L'âme de la France est dans ces églises construites avec la sueur et le sang de nos ancêtres qui ont dépensé sans compter et sacrifié leur vie pour les bâtir. Je vous laisse imaginer l'émotion dans une France même déchristianisée si, qu'à Dieu ne plaise, Notre-Dame de Paris brûlait. Ce serait un choc et un drame national. C'est la moindre des choses d'être reconnaissants à nos aïeux et d'assurer un continuum. Nous ne sommes sur terre que pour transmettre aux prochaines générations ce que l'on nous a légué. C'est le christianisme qui a fondé la France comme la France a créé sa propre forme de catholicisme. Nous aurions pu aussi être protestants mais leurs chefs militaires au XVIe siècle n'étaient pas très bons. Et, observez bien, Pompidou, le premier geste politique de notre premier roi protestant a été de se convertir… Au fait, j'ai appris que vous retourniez à la messe ?

– Mes parents étaient enseignants, dans le Cantal puis à Albi. De vrais hussards noirs de la République en effet. Inutile de vous dire qu'il y avait peu de crucifix à la maison. Je vais sans doute vous étonner, mais c'est grâce au marxisme, auquel je n'ai jamais adhéré, que je suis revenu à l'Église. J'ai compris à quel point l'homme avait besoin de croire en quelque chose, même si, s'agissant du marxisme, ce n'étaient que des fariboles. Jeune, j'ai pu penser que le progrès technique et le progrès social allaient éliminer ce besoin de spiritualité. Quand on réfléchit à la dureté de la vie de nos ancêtres, à la mort omniprésente, surtout celle des enfants, à la souffrance que l'on ne savait pas empêcher, à la maladie qui emportait par millions et qu'on ne pouvait soigner, nos aïeux avaient besoin de quelque chose pour tenir dans un monde aussi effroyable. Le paradis était la récompense après une vie de misère, de souffrances et de deuils. Notre société d'aujourd'hui prolonge chaque année l'espérance de vie en bonne santé de nos compatriotes comme cela ne s'est jamais produit dans notre histoire. Alors, quel besoin de croire en quelque chose ?

– C'est précisément parce que le progrès matériel est incontestable que l'homme a encore davantage besoin de croire.

– C'est exactement la conclusion à laquelle je suis arrivé, abonde Pompidou. Et c'est là que les marxistes se trompent. Quand bien même nous arriverions à cette fameuse société sans classes – je n'y crois pas une seconde – l'homme aurait quand même besoin de donner du sens à sa vie. Et puis, la foi est un excellent moyen d'éviter de se prendre pour un Dieu. L'homme peut désormais détruire la planète avec la bombe atomique en une poignée de secondes. Je suis persuadé que dans quelques années, nous vivrons largement au-delà de cent ans. L'être humain est plein d'orgueil et peut devenir rapidement fou sans quelques barrières spirituelles.

Le clocher de Colombey sonne trois coups. Les deux hommes écoutent ce son qui vient du fond des âges et de Gaulle poursuit la conversation :

– Vous savez que ce matin, à la sortie de la messe, une jeune fille a réussi à passer les cordons de sécurité pour m'embrasser sur la joue. Je suis devenu comme Johnny Hallyday ! C'est bien la première fois que cela m'arrive. L'office n'en finissait plus. Quand je suis là, je me demande si le curé de Colombey n'en rajoute pas un peu. Et puis cette nouvelle liturgie issue de Vatican II me déroute. Comment un prêtre peut-il tourner le dos à Dieu ?

– Ces messes ne ressemblent plus à celles de mon enfance, où j'allais parfois en cachette par esprit de contradiction. Il n'y a plus ces rites, ces mystères, cette foi qui s'imposaient sans que l'on y songe trop. On n'a pas besoin d'être intelligent pour avoir la foi. Les rites le permettent sans même réfléchir : des gestes millénaires accomplis par des dizaines et des dizaines de générations. Quand je récite le « Gloria in excelsis Deo », j'ai l'impression d'avoir derrière moi tous mes ancêtres qui le disent en même temps. Et sans parler de la beauté de ces chants religieux qui s'élèvent dans l'acoustique merveilleuse de nos églises romanes. J'aimerais bien une messe en grégorien pour mon enterrement, une parfaite alliance entre la beauté et la spiritualité. Péguy l'avait compris.

– Je ne vous connaissais pas cette passion pour Péguy ! Vous savez à quel point il m'inspire. Je crois qu'il est l'écrivain qui parle le mieux de notre pauvre France. À ce sujet, je note que vous en prenez soin. Je suis plutôt content de vous.

Pompidou écarquille les yeux et semble comme interdit :

– Quel compliment venant de vous ! Je pensais que vous alliez me reprocher de vouloir faire entrer l'Angleterre dans le Marché commun.

– Les Anglais… Si Louis VII s'était un peu moins occupé de bondieuseries et avait davantage pris soin de sa femme, Aliénor d'Aquitaine ne serait pas allée couchailler avec Henri II Plantagenêt… À cause d'elle et depuis neuf siècles, les Anglais sont nos ennemis héréditaires. Il ne s'est pas passé cinquante ans sans que nous ayons un motif de nous combattre. Leurs rois, leurs Premiers ministres ont toujours été odieux et n'ont eu de cesse de nuire à la France. Pourtant, tout avait bien commencé avec Guillaume le Conquérant.

– Mon général, comment pouvez-vous dire cela ? Les Anglais ne peuvent se réjouir d'une conquête de leur île par des Français, ou plutôt par des Normands.

– Ce n'est pas comme cela que je le concevais, dit en souriant de Gaulle. Mais soit. Même s'ils sont nos ennemis, ils n'en sont pas moins admirables. Ce peuple est indestructible. Je l'ai bien vu pendant le Blitz en 1940. Ils étaient capables de prendre le thé sur les ruines fumantes de leurs maisons. Churchill était abominable et son sens moral était obscurci par le whisky. Mais c'était un patriote et il était anglais jusqu'au bout des orteils. En cela je l'admirais. Dites-vous que si j'ai toujours refusé que le Royaume-Uni entre dans le Marché commun, c'est que j'avais mes raisons ! D'abord, cela ne me déplaisait pas de leur faire payer ce qu'ils m'ont fait subir pendant la guerre.

– Mon général, vous exagérez ! Sans les Anglais, jamais la France libre n'aurait existé. Vous le savez bien. Qu'auriez-vous fait sans eux ?

– On voit bien que vous n'étiez pas à Londres en 1940. Churchill attendait désespérément une personne plus gradée et plus qualifiée que moi pour représenter la France libre. Dans l'idéal, il aurait voulu que ce soit Mandel. Un excellent choix d'ailleurs. Je me souviens que le 16 juin 1940, j'avais supplié Mandel de venir avec moi en Angleterre. Mais il n'a pas voulu. Par fierté. Il ne voulait pas que sa judéité soit considérée comme la raison de son départ du territoire national. Il est resté à Bordeaux où le gouvernement s'était réfugié et s'est fait embarquer dans ce bateau qui devait gagner l'Algérie où il a été arrêté par Vichy. Quatre ans plus tard, ces ordures de la Milice l'exécutaient dans un fossé. À Bordeaux, il était de loin le meilleur d'entre nous tous, largement devant Reynaud qui rampait devant son idiote de maîtresse. En tout cas, Churchill n'a pas eu de chance : il n'a eu qu'un général deux étoiles à titre temporaire pour incarner la résistance française… C'était maigre, très maigre. Et le pauvre ne me connaissait pas encore. Il ne savait pas que plus j'étais isolé et démuni, plus je devais me montrer intransigeant, voire odieux. Et je dois dire que j'ai assez bien réussi dans ce rôle. Pour autant Churchill ne m'a pas fait de cadeau. Il m'a manipulé, il a essayé de m'écarter, de susciter des concurrents… Pourquoi a-t-il choisi le plus bête avec Giraud ? Au Moyen-Orient et en Syrie, il a cherché à préserver les intérêts de l'Angleterre, m'obligeant à affronter des troupes vichystes, ce qui nous a coûté un bon millier de valeureux soldats français.

– N'auriez-vous pas fait pareil à sa place ?

– Si bien sûr. Je ne pourrai jamais lui reprocher d'être patriote, acquiesce de Gaulle. Mais il buvait trop et il devenait à ce moment sentimental comme une rosière. Que de fois je l'ai vu pleurnicher… En même temps, son bras ne tremblait jamais. Il a laissé bombarder Coventry alors qu'il savait que les Allemands allaient lancer leurs escadrilles sur cette pauvre ville, mais il ne voulait surtout pas dévoiler que les Anglais avaient réussi à déchiffrer la machine allemande à coder les messages.

– Vous auriez fait de même.

– Certainement.

Les deux hommes se taisent. De Gaulle plonge ses yeux dans un lointain inaccessible. Pompidou n'ose l'interrompre dans ses pensées – il a parfaitement compris que le Général a convoqué dans une longue et muette réflexion ces hommes et ces femmes qui s'étaient sacrifiés pour la Résistance et pour que la France soit libre.

Après un moment, celui-ci reprend son monologue :

– Mais vous voyez, Pompidou, cela n'empêche pas les remords après certaines décisions que j'ai été amené à prendre. Toutes ces personnalités, connues ou moins connues, Moulin, Delestraint, Pierre Brossolette, les Français libres qui allèrent combattre un ennemi impitoyable, ces corps tordus sous la torture, les hommes massacrés aux Glières, dans le Vercors. Ces milliers de jeunes comme Guy Môquet qui ont été fusillés par les Allemands pour actes de résistance. Ils se sont sacrifiés pour un idéal qui les dépassait tous. La Résistance a créé des héros inoubliables. Moulin, par exemple, était un homme exceptionnel. Malraux a dit de lui qu'il était le Carnot de la Résistance. Pour moi, il était aussi Jeanne d'Arc, un être tout entier dévoué à la France et à sa mystique, prêt à tous les sacrifices, désireux de donner sa vie pour elle. Quand je lui ai demandé à Londres d'unir la Résistance, il a immédiatement accepté. Il savait qu'il ne reviendrait pas, mais il est parti heureux et le cœur léger. Parfois, la nuit, je revois Moulin, comme je revois la plupart des visages de ces héros. J'ai toujours eu un peu peur de leurs réactions, mais aucun ne m'a jamais fait le moindre reproche. Ils avaient compris ce qui les attendait. Mais ils n'ont pas hésité un instant. Ils l'ont fait pour la France parce qu'ils croyaient en notre pays, en la liberté, en notre peuple et à la Libération. C'est à eux que j'ai pensé à l'Hôtel de Ville de Paris, le 26 août 44, en évoquant ces instants et ces minutes qui dépassent chacune de nos pauvres vies.

Comment chasser de l'esprit les âmes de ce peuple né de l'ombre et disparu avec elle comme l'avait si bien dit Malraux ? Je vais bientôt les retrouver. Je n'attends pas d'eux qu'ils m'accueillent comme leur ancien chef mais comme un ami. Enfin, j'espère…

De Gaulle se tait à nouveau et demeure un instant abîmé dans ses pensées. Pompidou ne l'avait jamais entendu parler avec autant d'émotion de la Résistance. Le colonel Passy lui avait raconté que le jour où il avait annoncé l'arrestation de Jean Moulin au Général, ce dernier lui avait dit simplement, sur le ton de la surprise : « Ah bon ? » Ce n'était pas de l'indifférence. Une extrême pudeur tout au plus, qui le fait passer pour quelqu'un d'insensible, ce qu'il n'est pas. Et Pompidou le sait mieux que personne. Il voit bien que ces réflexions ont suscité une profonde mélancolie chez de Gaulle, dont il le sait coutumier. Il essaye de lui tendre une perche :

– Celui à qui vous devriez le plus en vouloir, c'est Roosevelt.

De Gaulle donne l'impression de se réveiller d'un mauvais rêve mais enchaîne aussitôt :

– Il me prenait pour un fou, à tendance fasciste de surcroît. Un croisement entre Jeanne d'Arc et Napoléon. Il avait dans son entourage des types assez médiocres comme Murphy qui essayaient de maintenir les liens avec Pétain et la collaboration car cela arrangeait leurs petites affaires. Roosevelt était typiquement américain, c'est-à-dire une personnalité peu intéressante dont le seul centre d'intérêt était l'argent. Ce n'est pas par philanthropie qu'il s'est engagé contre Hitler après Pearl Harbor. C'était pour éviter que les Japonais, alliés des Allemands, ne se mettent à dominer le monde à leur place et ne leur prennent des parts de marché. Mais les Américains disposaient d'une telle puissance que leur appui m'était indispensable. De surcroît, Churchill ne faisait rien sans demander l'avis de Roosevelt comme le bon petit bull-terrier des Américains qu'il était. C'est pour cela que je me suis accroché et que j'ai serré les dents. Roosevelt a multiplié les provocations et les humiliations vis-à-vis de la France libre. Cela n'a fait que renforcer ma détermination. Il pensait que moi, de Gaulle, j'allais accepter une administration américaine quasi coloniale avec de la fausse monnaie ? Jamais. De toute façon, c'était idiot de sa part et cela montrait son inculture. Après avoir subi les Allemands, jamais les Français n'auraient accepté d'être dirigés par des gouverneurs américains, fumant des Pall Mall et ruminant du chewing-gum. Au moins les Allemands allaient à l'Opéra. Depuis Philippe le Bel, les Français respectent l'État, et cela Roosevelt ne pouvait pas le comprendre. Heureusement, je m'entendais bien avec les militaires américains. Surtout Eisenhower. Mais vous rendez-vous compte que Ike – ils sont vraiment curieux ces Américains avec leurs surnoms, vous imaginez que mes proches m'appellent Charlie ou Charlot ? – bref, il a été obligé de désobéir aux ordres pour laisser Leclerc libérer Paris ! En fait, Roosevelt s'en foutait que Paris soit détruit. Ça l'arrangeait presque…

– Là encore, vous exagérez !

– À peine. Mais revenons à l'Angleterre. Je ne souhaitais pas qu'ils adhèrent à l'Europe tout simplement parce qu'ils ne se sont jamais sentis européens ! Ils sont anglais, au mieux britanniques. C'est une île dont tous les ennuis sont toujours venus du continent. Ils n'envisagent l'Europe qu'à leur unique profit. Leur véritable monde, c'est la domination des mers. Entre l'Europe et le grand large, ils choisiront toujours le grand large. Churchill me l'avait dit. S'ils rentrent dans l'Europe, c'est pour la détruire de l'intérieur, soit pour préserver leurs intérêts, soit pour filer un coup de main à leur grand frère américain. Voire les deux.

– Vous y allez un peu fort !

– Pas tant que cela, se défend de Gaulle. De toute façon, vous verrez, Pompidou, si vous les laissez entrer, ils finiront bien par en ressortir un jour. C'est Londres et la City qui veulent l'Europe. Les vrais Anglais des

Midlands et d'ailleurs ne se sont jamais sentis européens et n'en voient pas l'intérêt. Les seuls Britanniques qui veulent encore de l'Europe, ce sont les Écossais et les Irlandais qui ont toutes les bonnes raisons du monde de haïr les Anglais.

– Mon général, il me semble que vous oubliez quelque chose : nous avons aujourd'hui besoin de l'Angleterre dans l'Europe. L'Allemagne n'est plus notre partenaire principal. Depuis Adenauer, les chanceliers allemands ne s'intéressent plus à la coopération franco-allemande. Pire, Willy Brandt en ce moment fomente quelque chose avec les Russes, je le sens. Il faut renforcer l'Europe si on ne veut pas tomber dans une forme de glacis que finiront par dominer les Soviétiques. Et le seul moyen de renforcer l'Europe de l'Ouest, c'est d'y inclure de nouveaux pays puissants. Il n'y en a guère qu'un seul : l'Angleterre.

– Je ne peux pas vous donner tort. L'Allemagne est une immense déception.

– Et vous les connaissez mieux que personne, renchérit Pompidou.

– J'ai toujours voulu devenir militaire. C'est la raison pour laquelle j'avais appris l'allemand dès que possible car il était essentiel pour moi de connaître la langue de l'ennemi, de celui à qui nous devions reprendre l'Alsace et la Lorraine et qui allait nous déclarer la guerre tôt ou tard. À dix-huit ans, je suis allé passer mes vacances d'été à Heidelberg pour parfaire ma pratique de l'allemand. Ce n'était ni pour faire du tourisme ni pour lutiner les jeunes gretchens mais pour essayer de comprendre notre ennemi et de connaître sa langue.

– J'ignorais cela ! Moi aussi, je suis allé en voyage d'agrément en Allemagne en 1933 pour essayer de mieux parler cette langue aussi belle que difficile. Je suis tombé à Nuremberg sur un rassemblement de SS et de SA. J'ai compris alors que la guerre était inéluctable.

– Vous voyez comme tout cela est curieux, souligne de Gaulle d'un air songeur. Alors que vous comme moi sommes très attachés à la littérature et à la philosophie allemandes, nous avons appris l'allemand parce qu'il s'agissait de la langue de l'ennemi. Il y a quelques semaines, un de mes petits-fils m'a expliqué qu'il allait prendre l'allemand en première langue vivante au collège. Cela m'a permis de lui dire : « Tu vois, ton grand-père a appris cette langue pour faire la guerre et toi, tu l'apprends pour consolider la paix. » C'est déjà un beau progrès… J'ai beaucoup d'admiration pour les Allemands. C'est un très grand peuple, sérieux, courageux et organisé. Je leur en veux juste un peu d'avoir essayé de me tuer au moins par deux fois, à

Dinant, où j'ai laissé un genou, et à Verdun, où je me suis fait transpercer la cuisse par une baïonnette et ai été laissé pour mort. Quand le soldat allemand a le moral et qu'il avance, il est irrésistible. Cela fut vrai en 14 jusqu'à la Marne, en 40 pendant la bataille de France et en 42 en Russie. Le problème est que leur état-major est souvent obtus quand il n'est pas timoré. De surcroît, il ne comprend en rien la force des symboles. Pourquoi en 14 n'ont-ils pas pris Paris qui n'était quasiment pas défendu ? Ils ont commis la même erreur en n'envahissant pas Moscou en 43 alors qu'ils étaient à quelques kilomètres du Kremlin. Ils auraient brisé le moral de leur adversaire et pris un avantage considérable. De même, en 14, Moltke a été beaucoup trop prudent sur la Marne. Quand il a vu que les soldats de Franchet d'Esperey et du général anglais French s'étaient introduits entre la 1re armée de von Kluck qui avait trop avancé et la 2e armée de von Bülow, il n'a voulu prendre aucun risque et a fait reculer tout son petit monde de cinquante kilomètres plus au nord. L'élan initial des Allemands, qui depuis le début de la guerre faisaient près de quarante kilomètres par jour, était brisé. Joffre n'a pas gagné militairement la bataille de la Marne. Le génie de Joffre, contre tout le monde, a été de dire : « Ils ne passeront pas » et « On les aura ».

– Tiens, cela me rappelle quelqu'un !

De Gaulle ne veut pas relever :

– Joffre a stoppé les Allemands et, par là même, sauvé le pays. Il y aura d'autres assauts furieux, notamment à Verdun. Mais leur élan initial était brisé et la guerre était presque finie. Ce fut exactement pareil en 43 quand ils se sont arrêtés devant Stalingrad qu'ils n'ont pas pu prendre. En 44, quand je suis allé à Moscou, les Russes ont voulu m'emmener sur le terrain de cette terrible bataille. Nous y sommes allés en avion. Je n'ai pas cessé de regarder par le hublot ces immenses étendues que la Wehrmacht a franchies dans un froid polaire. Quel grand peuple !

– C'est ce que vous avez dit à la jeunesse allemande à Ludwigsburg en 62. Comme souvent avec vos déclarations à l'étranger, j'ai été d'abord surpris et fortement décontenancé. Cela ne faisait que dix-sept ans que la guerre était finie. À peine une génération et les plaies étaient encore vives. Mais en y réfléchissant, j'ai compris à quel point ces quelques mots prononcés en allemand : « Vous êtes les enfants d'un grand peuple, oui, d'un grand peuple » étaient fondamentaux et resteront dans l'histoire.

– J'ai pu dire cela car il y avait Adenauer. Il avait vécu la guerre, connaissait l'histoire allemande et les crimes nazis dont il se sentait responsable. Il a eu une attitude irréprochable à cette époque mais il portait cette culpabilité en lui. Il m'a suffi de jouer sur la psychologie allemande.

– C'est-à-dire ? Je sais que vous la connaissez bien, mais vous m'intriguez, questionne Pompidou.

– Leur montrer de l'amitié et de la considération. Les respecter. Leur ouvrir les bras. Une fois que vous avez fait cela en premier, un Allemand vous le rendra au centuple. C'est pour cela qu'Adenauer est le seul chef d'État que j'ai accueilli chez moi, ici, à Colombey, en septembre 58, dès mon retour au pouvoir. Cela n'a pas été facile. Demandez à Honorine, la cuisinière ! Elle a failli se mettre en grève pour ne pas avoir à servir un Allemand. Et moi, de Gaulle, j'ai été obligé de céder ! On a servi Adenauer dans le service de table de tous les jours.

Les deux hommes rient de bon cœur.

– Mais ses successeurs n'étaient pas du même bois. Des comptables, des financiers. Et votre Brandt ! Il a été tellement traumatisé par le mur de Berlin qu'il est prêt à tout céder aux Russes. Il est vrai que voir sa propre ville coupée en deux n'est pas agréable. Cette tendance de l'Allemagne à regarder vers l'est est inquiétante, et je n'aime pas les voir s'éloigner de nous. Mais je suis sûr que cette mésentente, cette incompréhension, est provisoire. Il suffira d'un futur chancelier allemand dont la mère aura été violée par l'Armée rouge en 45 pour que notre coopération et notre amitié se reforment.

Pompidou sursaute. Il ne s'attendait pas à un propos aussi cru du Général :

– Comme vous y allez... Oui, mais en attendant, que faire ? Vous n'avez plus peur du pacte de Varsovie et des Soviétiques ?

– Je vais vous surprendre, mais je ne crains plus militairement les Russes. Bien sûr, ils ont la bombe. S'ils savent se battre comme des enragés quand leur patrie est menacée, l'armée russe est une catastrophe dès qu'elle doit combattre en dehors de ses frontières. Elle est très mal organisée, a trop peu de sous-officiers qui sont les seuls à encadrer les troupes pendant les combats. Rappelez-vous le pauvre Nicolas II contre le Japon au début du siècle. Et je ne remonte pas plus loin. Ils ne savent pas conquérir ! C'est assez normal tant ils ont de larges espaces. À quoi sert d'envahir son voisin quand on n'arrive déjà pas à maîtriser son propre territoire ? C'est exactement l'inverse pour l'Allemagne qui est enfermée au milieu de l'Europe et qui a cette tendance à aller chercher des noises à ses voisins de l'ouest comme de l'est. Le problème des Russes, c'est leur obsession de l'accès aux mers chaudes. Pierre le Grand leur a ouvert la mer par le nord du pays mais elle est prise par les glaces en hiver. En revanche, les dirigeants russes ont une chance immense : ils peuvent consentir à perdre des milliers voire des millions d'hommes sans que cela leur pose le moindre problème moral et sans que la population se révolte.

– Pour vous, Staline était-il un véritable marxiste ou plutôt le descendant des tsars les plus cruels avec leur population ? demande Pompidou.

– Quand je suis allé le voir pour la première fois en 44, j'ai eu de longues discussions avec lui. Il avait organisé un système de terreur absolue, y compris autour de lui, qui me faisait penser au pouvoir russe pendant le Moyen Âge, les moyens modernes en plus. Alors que je lui faisais remarquer que son interprète en français était un peu bizarre, il m'a regardé avec surprise et une forme d'inquiétude. Et savez-vous ce qu'il m'a dit posément, presque gentiment : « Vous voulez que je le fasse déporter ? » Mais cela finit par se payer un jour. Je ne suis pas étonné que ses proches l'aient laissé agoniser pendant une journée entière alors qu'il avait eu une attaque. Personne n'osait rien faire. Il inspirait une telle peur panique que tout le monde était tétanisé et attendait des ordres qui ne sont jamais venus, car celui qui les aurait donnés risquait sa vie. Le plus simple et le plus sûr était de ne rien faire. Ils l'ont laissé crever tout seul. Quant au communisme, je ne suis pas inquiet. D'une idée généreuse quoique fumeuse, Lénine et Staline en ont fait un formidable outil de pouvoir qui leur a permis d'instaurer une dictature d'autant plus facilement que les Russes n'ont jamais connu la démocratie. Pareil pour les Chinois. Le communisme est idéal pour instaurer un régime dictatorial car le pouvoir s'exerce prétendument au profit du peuple et des miséreux. Non seulement cela n'a pas amélioré leur sort, loin de là, mais en plus de cela, le pays entier a été plongé dans la pauvreté à l'exception des quelques apparatchiks au pouvoir. La répression est formidablement simple : vous êtes opposé au pouvoir ? Comme le pouvoir s'exerce au profit du peuple, vous êtes donc un ennemi du peuple et il est parfaitement normal de vous éliminer.

– Ce syllogisme est effrayant. Il a été créé malheureusement par la Révolution française et le régime de la Terreur. Nous n'avons pas à nous en glorifier... Bizarrement, vous avez toujours été plutôt favorable à cette période.

– Pourquoi bizarrement ? demande de Gaulle.

– Vos origines, votre éducation, vos parents... Tout cela devait faire de vous un royaliste, abhorrant cette période et la chute de la monarchie. N'est-ce pas votre mère qui un jour où elle était félicitée pour ses fils avait répondu : « Oui, mais ils sont tous républicains ! » ?

De Gaulle sourit à cette évocation :

– D'abord les faits, Pompidou, les faits. La Révolution française a réussi à briser un régime politique terriblement corseté, qui nous conduisait à une lente décadence. Le pays n'était plus dirigé que par une caste de nobles, qui se reproduisaient entre eux, et qui avaient été emprisonnés depuis plus d'un siècle dans une cage dorée nommée Versailles. Nous avons eu d'excellents ministres, comme Fleury ou Maupeou, mais il n'y avait aucun renouvellement des élites, et surtout la monarchie était confrontée à une bourgeoisie de plus en plus instruite qui piaffait à l'idée de participer au pouvoir. Une révolution était indispensable. Peut-être pas celle-là car je suis d'accord avec vous, elle a inspiré tous les totalitarismes du futur. En même temps, pour la grandeur de la France, son bilan n'est pas si négatif. Elle a affirmé le caractère universel de la mission de notre pays et nous avons donné au monde la Déclaration des droits de l'homme et du citoyen. Ce n'est pas si mal... D'un point de vue militaire, l'excellence des cadres de l'Ancien Régime et l'enthousiasme de la troupe ont fait merveille et par la suite, Napoléon, fils de la Révolution, a conquis l'Europe.

– En tout cas, sur le communisme, je partage votre sentiment. On peut priver un peuple de liberté, surtout quand il ne l'a jamais connue comme les Russes, mais on ne peut pas le laisser en dehors du progrès économique. L'idéologie a ses limites. Il arrivera un jour où l'échec économique total du communisme imposera au système de se réformer.

– Vous avez sans aucun doute raison. Et cela viendra des pays de l'Est qui ont connu par le passé des régimes peu ou prou démocratiques. La religion en Pologne, la culture en Tchécoslovaquie ou en Hongrie sont des facteurs de cohésion très importants dans la population et largement supérieurs à la doxa du régime. Je ne serais pas étonné qu'un jour le système s'effondre à partir de ces pays. Je ne suis guère inquiet pour les pays européens qui s'en remettront très vite. En revanche, l'absence totale de culture politique en dehors du Parti en Russie peut laisser craindre le pire. Le pouvoir risque de passer entre les mains d'alcooliques ou de mafieux, voire les deux. Au vu des moyens militaires dont ils disposent, il faudra prendre garde.

– Je ne sais pas si nous le verrons, mais c'est parfaitement clair, approuve Pompidou. Je ne me console pas de voir que tous les intellectuels français se font abuser par cette chimère avec une bêtise consternante. Comment peut-on crier à la dictature sous de Gaulle et applaudir Brejnev ou Ceausescu ? Cela me dépasse. Je les connais bien, ces intellectuels, je les ai tous plus ou moins fréquentés. Ce sont des gens brillants, cultivés, souvent charismatiques, mais pourquoi à une ou deux exceptions près se sont-ils laissé enfermer dans cette idéologie totalitaire qui partout n'a apporté que meurtres, déportations de masse et gigantesque pauvreté ?

– Mais Pompidou, pourquoi voudriez-vous que ces braves gens ne soient pas eux aussi obsédés par ce besoin de plaire et d'être populaires, surtout auprès de la jeunesse ? Pourquoi voudriez-vous que ces belles âmes, ces grands progressistes, ne soient pas terriblement conformistes ? Il est un peu navrant de voir à quel point nos élites ont toujours cette fâcheuse tendance. La haute administration a totalement rallié Pétain en 1940. Sartre a bien fait créer ses pièces de théâtre pendant l'Occupation, *L'Humanité* a sollicité Vichy pour reparaître et je n'évoque pas les Guitry et consorts… Nos intellectuels d'aujourd'hui sont tous communistes voire maoïstes. On pourrait espérer des élites qu'elles ne hurlent pas avec les loups. Peine perdue ! La tentation de la démagogie, du petit confort bourgeois, même avec un col Mao, est toujours la plus forte. À Londres, je n'avais que les braves pêcheurs de l'île de Sein parce qu'ils étaient en train de crever de faim. Les intellectuels, les hauts fonctionnaires, ceux qui avaient du bien, ne sont venus qu'après la Libération de Paris, et, en l'espace d'un instant, ils sont devenus des résistants de la première heure. Nos cocos d'aujourd'hui ne valent guère mieux que nos collabos d'hier.

– Belle formule ! Il faut un talent qui m'est étranger. Je vous admire infiniment pour cela !

De Gaulle prend un air taquin :

– Pourtant, il y a une de mes formules comme vous dites que vous aviez qualifiée de folie gratuite. Vous voyez, je sais tout.

Pompidou réfléchit longuement et baisse légèrement la tête :

– Vous voulez parler du Québec libre ? Je ne me rappelle pas vraiment avoir dit cela...

– Oh, vous n'êtes pas le seul à m'avoir critiqué à ce sujet. Il n'y a que les communistes qui m'ont compris, mais c'était trop compliqué pour eux de me soutenir.

– En fait, il m'a fallu attendre votre conférence de presse de novembre 67 pour comprendre ce que vous avez voulu faire au Québec.

– Pourquoi ai-je eu raison, une fois de plus ? Tout simplement parce que je suis revenu à l'histoire. Tout part toujours de l'histoire des peuples. S'agissant des Canadiens français, elle est assez simple : le Canada était français depuis le XVIe siècle grâce à Jacques Cartier, mais nous n'avions jamais réussi à envoyer autour du Saint-Laurent plus de soixante mille personnes. Il faut dire qu'outre le climat plutôt hostile, les dangers étaient multiples. Puis nous avons été petit à petit submergés par les Anglais qui s'étaient installés quelques centaines de kilomètres plus au sud dans ce qui allait devenir les États-Unis. Très affaibli par la guerre en Europe contre l'Angleterre et la Prusse qui nous avait trahis, Louis XV a abandonné le Canada français à son triste sort alors que nos généraux Montcalm et Lévis avaient réalisé des miracles avant de commettre une malheureuse erreur stratégique devant Québec. Après la défaite, nos Français du Canada auraient dû être assimilés par les Anglais. Il n'en a rien été. Totalement abandonnés par la France qui les a tout simplement oubliés, ils ont réussi par miracle à conserver leur langue, leur religion, leurs coutumes qui étaient françaises.

– Mais, mon général, l'interrompt Pompidou, nous les avons abandonnés il y a plus de deux siècles.

– Précisément. Or grâce à une natalité prodigieuse, ils sont aujourd'hui six millions et ils se sentent d'autant plus français que les élites anglaises au fil du temps n'ont pas cessé de les humilier, de les rabaisser, de les contraindre à vivre au sein de ce Canada où ils se sentent étrangers. Et moi, de Gaulle, je n'aurais pas dû aller encourager ce mouvement d'une émancipation française en Amérique du Nord ? J'ai donné l'indépendance à l'Algérie et à la moitié de l'Afrique et je n'aurais pas dû aider des descendants de paysans du Perche et des Charentes à revendiquer l'autodétermination ? Nos rois de France, Louis XIV et Louis XV, les avaient abandonnés à leur sort, et je ne devais pas répondre à cet appel sacré ? N'étais-je pas le seul capable de réparer cette erreur historique de nos rois et de payer ainsi la dette de Louis XV vis-à-vis du Canada français ? Les Québécois avaient besoin qu'un grand Français vienne leur dire que la France les aimait et que désormais, ils comptaient à nos yeux et à ceux du monde. Il fallait les révéler, leur donner confiance en eux-mêmes. En outre, en tant que peuple mature et intelligent, il leur appartenait de décider de leur avenir et de leur destin. Je n'ai rien dit de plus. J'aurais été irresponsable de les appeler à la rébellion ou à la lutte armée. La France a inventé le principe d'autodétermination des peuples et cela n'aurait pas dû s'appliquer au Canada français sous prétexte qu'il s'agissait d'un rameau de notre peuple ? Le Québec est un grand pays, riche, viable et développé. On a donné l'indépendance, et je m'en réjouis, à des pays d'Afrique qui n'avaient aucune de ces caractéristiques. Vous voyez, Pompidou, l'essentiel en politique, c'est d'abord d'avoir une vision la plus précise possible des choses. Agir sans réfléchir conduit toujours à la catastrophe. Ensuite, c'est de la manœuvre. Entre un discours que je n'aurais pas dû prononcer à l'hôtel de ville de Montréal, un micro qui n'aurait pas dû être là, une formule que j'avais eu le temps de méditer pendant mon voyage, j'ai fait en sorte de rendre tout cela possible. Peu importe comment. Et « Vive le Québec libre » non seulement a suscité localement un engouement digne des plus beaux jours de la Libération et une immense exaltation populaire autour de la France en ma personne, mais en plus ces quatre mots ont fait le tour du monde. C'est ce que je voulais !

Pompidou a du mal à cacher son admiration devant la démonstration de son interlocuteur :

– J'avais dû battre le rappel du gouvernement pour que tous les ministres soient présents à votre descente d'avion lors de votre retour de Montréal. Comme vous aviez renoncé à aller à Ottawa, votre avion est parti plus tôt et vous êtes arrivé avant 4 heures du matin à Orly. Je me souviens encore de tous ces ministres tirés de leur lit à 3 heures du matin, qui battaient la semelle sur le tarmac de l'aéroport. Je dois dire que beaucoup se posaient des questions sur vous et pas toujours en des termes aimables.

– Ça aussi, vous croyez que je ne le sais pas ? Toute ma vie j'ai été confronté au conformisme de la pensée.

Ce que j'ai fait au Québec était parfaitement logique, cohérent et visionnaire. Cela demandait de regarder plus loin que le bout de son nez et de se dire que, dans les relations internationales, si on respecte toujours l'ordre établi, les convenances et le droit, on ne fait jamais rien. Vous croyez que les Américains se sont préoccupés du droit international pour envahir la baie des Cochons à Cuba ou le Vietnam ? Vous croyez que dans le futur, ils respecteront le droit des peuples avant de les attaquer ? Les relations internationales, ce sont des visions sur l'avenir et sur les rapports de force en jeu, c'est ressentir la vigueur des peuples. Rien d'autre ! Quand je suis rentré du Québec, tout le monde était affolé parce que je n'étais pas allé à Ottawa et que j'avais fait de l'ingérence dans la politique canadienne. La belle blague ! Si j'avais toujours voulu respecter les convenances, le 18 juin, je me serais installé derrière une radio en écoutant Pétain et en me disant que nous avions bien mérité nos malheurs. Autant vos intellectuels de gauche m'irritent par le conformisme de leur pensée, autant les gens de droite sont parfois insupportables de veulerie, de respect des convenances et de maintien de l'ordre établi. Il y a des fois où il ne faut pas hésiter à le bousculer. Cela fait parfois un peu de bruit, ça tangue un peu, mais au moins vous avez laissé une trace. Ce n'est pas demain que les Québécois deviendront indépendants. Eux-mêmes étaient les plus effrayés après ce que j'avais dit. Je me souviens du Premier ministre du Québec, Johnson, qui était un brave type. La seule chose qu'il a dite après mon discours du balcon de l'hôtel de ville, alors que je venais de faire gagner trente ou quarante ans à la cause de l'indépendance, fut : « Va-t-y pas y avoir des problèèèmes ! » Je ne me fais pas d'illusion, les Québécois ne seront pas indépendants tout de suite. Cela prendra vingt ans, cinquante ans ou soixante-dix ans, mais c'est inéluctable. Quand ils seront enfin libres, ils se souviendront que c'est de Gaulle le premier qui est venu les soutenir.

– En tout cas, il n'y a pas eu que « Vive le Québec libre » qui a fait scandale lors de votre conférence de presse de novembre 67.

– Vous voulez parler de ce que j'ai dit sur les juifs, « un peuple d'élite, sûr de lui-même et dominateur » ? interroge de Gaulle qui se sent en verve. Je peux vous faire une confession. Je me suis piégé tout seul à cause du rythme ternaire. Je pense que je n'aurais pas dû employer l'adjectif « dominateur ». Il n'était pas approprié et il n'a pas été compris. Pour autant, il faut être sacrément de mauvaise foi pour ne pas reconnaître toutes les choses positives que j'ai dites sur les Israéliens. « Peuple d'élite ». J'aimerais bien qu'on puisse dire un jour des Français qu'ils sont un peuple d'élite ! Par ailleurs, est-ce qu'être sûr de soi est un défaut ? Je ne le crois pas. N'ai-je pas parlé d'une magnifique liturgie ou du vœu très ardent « l'année prochaine à Jérusalem » ? Franchement, on m'a fait un mauvais procès qui m'a surpris sur l'instant. De Gaulle antisémite ? C'est une pensée qui ne m'a jamais traversé, et Dieu sait pourtant si j'ai connu autour de moi des personnes hostiles aux juifs, y compris à Londres où l'on m'a dit de me méfier de tel ou tel Israélite qui s'était rallié à moi. La seule chose qui comptait pour moi était qu'ils soient patriotes et qu'ils aient envie de se battre. Jadis, les de Gaulle ont été du côté de Dreyfus quand il aurait été si facile et confortable pour des gens comme nous d'être avec les antis. Alors, comment imaginer que moi, qui ai sauvé la France de l'infamie nazie, je sois soudainement devenu antisémite ! L'antisémitisme est une forme de maladie mentale que je n'ai jamais ni comprise ni admise et qui a fait des ravages dans notre pays au cours de la première moitié du XXe siècle. Même de belles consciences de gauche y ont largement succombé, y compris parmi mes opposants actuels les plus farouches…

– Vous voyez, mon général, je suis sorti de cette conférence de presse avec beaucoup d'irritation. Vous avez maintenu votre volonté de laisser l'Angleterre en dehors du Marché commun, vous nous avez fâchés avec l'Amérique du Nord et vous avez ulcéré les juifs. Même Raymond Aron que l'on ne peut soupçonner d'extrémisme a écrit un pamphlet contre vous à ce sujet.

– Comment s'appelait ce livre déjà ? s'interroge le Général. Ah oui, *De Gaulle, Israël et les juifs*. Je l'ai lu. C'est son plus mauvais. Aucune analyse, que de l'affect. Comme quoi, même un esprit brillant peut se tromper. Peut-être par volonté de toujours se démarquer de moi, de ne pas être catalogué. C'est plus prudent dans le petit monde universitaire et des journalistes ! Aron a rallié Londres dès juin 40 mais il s'est toujours tenu soigneusement à l'écart. Ce qui prédomine chez lui, c'est le côté raisonnable, bien ordonné, où rien ne dépasse. Il me trouvait inconvenant et beaucoup trop éléphant dans un magasin de porcelaine. Il déteste les coups d'éclat ou de boutoir. Tout doit respecter les formes. C'est bizarre d'être à la fois aussi brillant et aussi conformiste.

– Mon général, vous exagérez ! Aron est un de nos plus brillants esprits et par ailleurs, il est un des rares intellectuels de droite. Et j'ajoute que comme vous, il a toujours dénoncé le conformisme des élites.

– Vaut-il mieux avoir tort avec Sartre que raison avec Aron ? sourit de Gaulle. Il est vrai que je le préfère largement à ce petit clown bigleux de Sartre, donneur de leçons, à la main baladeuse, et qui s'est toujours trompé sur tout. Il incarne physiquement la démagogie. Mais rien n'est simple en ce bas monde. J'ai lu son théâtre et c'est une merveille.

– Cependant, je suis bien obligé de reconnaître que vous aviez raison sur de nombreux points et que vous étiez, une fois de plus, en avance sur votre époque. Depuis que je suis aux affaires, j'ai très bien compris ce que vous avez voulu dire : j'ai relu le texte de votre conférence de presse. Vous savez que je suis un assez mauvais flatteur. Eh bien, vous avez réussi le tour de force d'un résumé parfait en quelques lignes de la situation au Proche-Orient qui pourtant est particulièrement complexe.

– Si je voulais faire un mauvais jeu de mots, je dirais que nul n'est prophète en son pays. Je l'avais dit aux Israéliens : quelles que soient les circonstances, vous ne devez pas apparaître comme les premiers agresseurs. Mais ils n'ont pas pu s'en empêcher. Là encore, l'histoire, Pompidou, l'histoire ! Depuis la destruction du temple de Jérusalem par Titus et les guerres des Romains contre les Juifs, ces derniers ont été contraints de s'exiler, qui en Europe, notamment de l'Est, qui en Afrique du Nord et en Espagne. Cela faisait plus de dix-huit siècles que la Palestine était habitée très majoritairement par une population arabe, devenue de confession musulmane à partir de la conquête d'Omar. De surcroît, les Palestiniens étaient l'élite du monde arabe de la région et regroupaient les médecins, les avocats, les enseignants, en regard des Libanais qui étaient des commerçants, des Jordaniens qui étaient des Bédouins et des Syriens qui étaient des paysans. Je veux bien admettre que le grand mufti de Jérusalem ait été favorable à Hitler, mais les Palestiniens n'étaient strictement pour rien dans le terrible massacre qu'ont subi les populations juives d'Europe pendant la Seconde Guerre mondiale. Personne ne leur a demandé leur avis pour l'installation d'un foyer puis d'une nation juive sur leurs terres. En parallèle, au regard de l'horreur de la Shoah, il était compréhensible que les juifs puissent disposer d'un pays où ils avaient leurs racines, qui pourrait les protéger des pires manifestations d'antisémitisme en Europe. Il était évident qu'à compter de 1946 les Palestiniens n'allaient pas se laisser expulser de la terre de leurs ancêtres. Les Israéliens, soutenus par les États-Unis à cause de la communauté juive américaine qui y est surpuissante, se sont imposés par la force et n'ont jamais cherché à composer. Après avoir tenté d'arracher cette terre aux Britanniques par le terrorisme, les Israéliens ont été à leur tour victimes du terrorisme des Palestiniens.

De toute façon, les armées arabes locales ont toujours été très mauvaises. Elles avaient déjà été incapables de résister à la poignée de chevaliers francs qui a réussi à prendre Jérusalem en 1099. Il a fallu que ce soit un Kurde, Saladin, qui arrive à reconquérir la Ville sainte et ce sont des Turcs Seldjoukides qui sont parvenus à chasser les Francs du royaume de Jérusalem deux siècles plus tard. Maintenant qu'ils sont installés, les Israéliens ne veulent pas la paix et poursuivent leur politique expansionniste avec leurs colonies qui ulcèrent chaque jour davantage les Palestiniens. Les Israéliens seraient même capables d'assassiner celui des leurs qui voudrait essayer de trouver la paix. Pour une fois, je ne vois guère de solutions, et je crains que ce conflit n'explose périodiquement avant de redevenir larvé. De toute façon, les Arabes n'auront jamais la puissance nécessaire pour reconquérir leurs terres. Ils sont trop divisés. Pire que les nations gauloises. Il suffit de voir la manière dont les pays limitrophes accueillent si mal les malheureux réfugiés palestiniens qui ont tout perdu : leurs terres, leurs champs, leurs maisons…

– En tout cas, je mesure tous les jours que nos relations avec Israël sont difficiles, enchaîne Pompidou. Je n'ai toujours pas digéré qu'à Noël dernier un commando israélien se soit emparé de cinq vedettes qui leur étaient destinées. Elles étaient bloquées à Cherbourg dans le cadre de l'embargo sur les armes pour les belligérants que vous aviez décidé en 1967. Et en plus, ces pirates ont été accueillis triomphalement par le ministre de la Défense israélien à Haïfa quelques jours plus tard !

– Je connais un peu ce Moshe Dayan. Un homme de grande valeur. Mais vous savez, Pompidou, les Israéliens n'auraient pu s'emparer de ces vedettes sans la complicité de certains membres haut placés de l'administration française favorables à Israël. Sans même parler de nos services secrets. Je vous l'avais dit au moment de l'affaire Ben Barka. Je n'ai aucune confiance en eux et il faut faire le ménage, vous m'entendez, le ménage. Ils ont trempé dans l'OAS et dans toutes les affaires crapoteuses de ces derniers temps.

– Ce ne sont pas les services français qui ont organisé le comité d'accueil que j'ai reçu à Chicago avec des centaines de manifestants pro-israéliens qui nous ont copieusement injuriés, ma femme et moi, parce que la France avait vendu des armes à la Libye. La protection policière autour de nous était particulièrement faible et je me suis toujours demandé si les autorités américaines ne l'avaient pas fait exprès.

– Je vais vous étonner, répond de Gaulle, mais je reprendrais volontiers la citation de ce jeune inspecteur des finances qui s'est présenté contre vous l'année dernière au titre du PSU… Rocard, c'est cela ? Il paraît qu'il a dit : « Entre la connerie et le complot, il faut toujours choisir la connerie, car le complot demande un esprit rare… »

– Il n'a pas tort, hélas… En tout cas, j'étais à deux doigts de reprendre l'avion pour Paris, comme vous l'aviez fait depuis Montréal en 1967 après votre « Vive le Québec libre ». Heureusement, Nixon m'a rattrapé par la manche et il a tenu à assister lui-même avec une de ses filles à un dîner de gala qui m'était offert et qui devait être présidé par le vice-président américain. Il avait dit drôlement dans son discours que c'était sans doute la première fois dans l'histoire constitutionnelle des États-Unis que le président remplaçait le vice-président !

– Je l'aime bien, Nixon. C'est le seul qui a parfaitement compris que la guerre du Vietnam était perdue d'avance pour eux. Je suis sûr qu'il va désengager ses troupes.

– Vous l'aviez dit dès septembre 1966 dans votre discours de Phnom Penh, observe Pompidou. C'est l'un de ceux qui m'ont le plus impressionné. Des propos lumineux, prophétiques. Vous avez été le premier à dire que, quelle que soit la puissance de l'armée américaine, jamais les peuples de l'Asie ne s'y soumettraient et qu'il n'y avait aucune solution militaire à ce conflit.

– Si cette guerre était gagnable, la France serait encore en Indochine ! N'avais-je pas raison une fois de plus ? Nixon m'a compris. C'est bien le seul. Un type comme lui, qui est détesté par toute l'intelligentsia américaine de la côte ouest comme de la côte est, ne peut pas être tout à fait mauvais.

– Le fait d'être pris pour un médiocre par ces gens-là en fait un très grand président. Et puis, vous savez l'admiration infinie qu'il a pour vous.

– Je l'ignorais, nie de Gaulle.

Ce qui provoque un léger sourire sur les lèvres de Pompidou qui, bien qu'habitué, est toujours surpris par la mauvaise foi de son interlocuteur.

– Les Américains sont vraiment des gens curieux. Convaincus de leur force qui est très réelle, ils n'ont de cesse d'écraser les autres de leur puissance dès que vous leur offrez un peu de résistance. Vous verrez qu'à l'instar des pires dictatures, ils seront toujours capables de déclencher des guerres n'importe où sur la planète sous de mauvais prétextes, à partir du moment où leurs intérêts économiques sont en jeu. L'argent leur fait perdre tout sens moral et tout scrupule. Et comme ils manquent dramatiquement de recul sur eux-mêmes, ils s'imaginent être investis d'une mission sacrée de défense de l'Occident chrétien. La bonne blague ! La politique internationale est d'abord et avant tout le résultat de chocs entre différentes formes d'impérialisme. Aujourd'hui, ce sont les États-Unis et la Russie communiste. Au XVIIIe et au XIXe, c'étaient l'Angleterre et la France.

– Néanmoins, vous ne vous êtes jamais trompé de camp. Pendant la crise des missiles de Cuba, vous avez clairement pris parti en faveur des États-Unis.

– On a beaucoup écrit sur mon entente avec Kennedy, le jeune président et le vieux sage. Tout cela est exagéré. Kennedy ne manquait pas de talent mais beaucoup de spontanéité. Il avait été programmé par un père sans scrupule et brutal, grand admirateur des nazis, pour devenir président des États-Unis. Kennedy était lui-même parfaitement cynique mais il avait une gueule. Les femmes tombaient en pâmoison devant lui et il adorait les relever à sa manière, de façon quasiment obsessionnelle. Ce couple idéal avec Jackie était totalement fictif.

– Malraux prétend que vous auriez dit qu'elle finirait sur le yacht d'un milliardaire, sourit Pompidou.

– J'avais beaucoup de griefs contre Kennedy. D'abord, parce que la CIA avait encouragé l'OAS sans qu'il fasse rien. Ensuite, parce qu'il s'opposait de toutes ses forces à ce que la France dispose de l'arme atomique sans dépendre d'eux. La notion d'indépendance était totalement incompréhensible pour lui : les États-Unis décident et tout le monde doit se plier. Je n'ai jamais éclairci quel rôle Jean Monnet avait joué auprès de lui sur l'Europe. Je sais que vous l'appréciez.

Pompidou fait un grand geste de dénégation.

– Monnet était devenu un véritable professionnel de la magouille outre-Atlantique et ce, depuis la Seconde Guerre mondiale. En tout cas, je sais que Kennedy a tout fait pour saborder le traité de l'Élysée que j'ai signé avec Adenauer. Une Allemagne se rapprochant d'une France disposant de l'arme nucléaire et s'éloignant des États-Unis était son pire cauchemar. Pour ma part, j'étais persuadé que les États-Unis n'interviendraient pas en Europe si la Russie nous attaquait avec des armes conventionnelles. Il suffit d'ouvrir des livres d'histoire. Wilson n'a rien fait quand Guillaume II a attaqué la France et la Russie en 1914 et Roosevelt pas davantage quand la Wehrmacht a envahi toute l'Europe en 1940. Ce n'est que lorsque les intérêts économiques des États-Unis ont été en jeu qu'ils sont intervenus, avec leurs moyens habituels qui sont expéditifs mais d'une incroyable puissance. Vous connaissez le proverbe : jamais deux sans trois ! Par ailleurs, tout le monde glose sur le « *Ich bin ein Berliner* » de Kennedy. Mais c'est moi qui lui ai quasiment imposé de ne pas céder devant Khrouchtchev pendant le blocus de Berlin. Il était beaucoup plus faseyant sur le sujet ! Pour autant, je ne me suis jamais trompé d'ennemis ni d'alliés. Face au bloc communiste de la Russie et de la Chine, je serai toujours du côté du monde occidental et libre même si je considère que son porte-étendard est un peu trop cynique et manque cruellement de subtilité. Pendant la crise des missiles de Cuba, je me suis même payé le luxe de refuser de regarder les photos satellite montrant l'implantation des pas de tir des missiles à Cuba que l'ambassadeur des États-Unis voulait absolument me montrer à titre de preuve. Je lui ai dit que je croyais sur parole le président des États-Unis, que je n'avais pas besoin de ces photos pour le soutenir inconditionnellement et le faire savoir. J'ai cru qu'il allait pleurer puis m'embrasser !

– J'ai vu l'ambassadeur Bohlen peu après, confirme Pompidou. Il m'a raconté cette histoire. Il en avait encore les larmes aux yeux. La France est toujours aux côtés de l'Amérique dans les grands moments, m'a-t-il dit. Vous rendez-vous compte que de Gaulle nous a soutenus bien avant le Royaume-Uni, notre allié le plus fidèle qui a tergiversé dans cette affaire ?

– De même, je me suis immédiatement rendu aux États-Unis quand Kennedy a été assassiné pour assister à ses obsèques, et au premier rang ! Je sais bien que ce n'est pas un tireur isolé qui a fait le coup. Je me suis aussi dit que ce qui lui était arrivé, ce complot étrange mêlant Mafia, services secrets et autres hommes de sac et de corde aurait pu tout aussi bien se produire pour moi. C'est ainsi. Cela n'a pas empêché les États-Unis peu après de reprendre leurs petites affaires et de vouloir régler le sort du monde sans se préoccuper des autres… Plus je les vois évoluer, plus je les trouve dangereux par leur maladresse, leur cynisme, leur incompétence et leur naïveté. Et comme je ne crains plus vraiment les Russes, je me dis que la France a une carte à jouer en prônant une politique d'indépendance et de non-alignement. C'est ainsi que nous resterons une grande puissance, estimée de tous et capable de dire son fait aux grands. À tous les grands.

– Avant de devenir Premier ministre, je n'avais aucune expérience dans le domaine des relations internationales et des affaires étrangères. Je vous ai beaucoup observé, avec un immense intérêt. Je crois que je ne prends pas une seule décision en la matière sans me demander ce que vous auriez fait.

– Je l'avais constaté et vous en félicite, rétorque de Gaulle. Si je n'ai aucune envie de finir ma vie en mangeant des hot-dogs du côté de Brooklyn, je me vois encore moins geler sur la place Rouge à faire la queue pour acheter des rutabagas… S'agissant des Américains, un peuple sans culture et sans histoire qui devient la première puissance militaire et économique du monde n'est guère rassurant et cela nous promet des crises périodiques… Pour autant, je préfère que ce soient eux qui dominent le monde plutôt que les communistes.

Il s'interrompt brusquement en changeant complètement de registre :

– Il fait bien chaud, ne voulez-vous pas boire un verre à l'intérieur ?

– Volontiers. Refaire le monde donne soif.

De Gaulle le regarde, un peu interloqué. Les deux hommes empruntent l'allée en gravier qui remonte vers la maison. Ils marchent, cette fois, côte à côte. Ils n'échangent aucun mot pendant ces quelques instants mais leur attitude et leurs gestes semblent montrer la joie d'une amitié et d'une complicité retrouvées.

6.

Bureau

Après avoir demandé des rafraîchissements à Honorine, de Gaulle entraîne Pompidou dans son bureau. Il avise un paquet de lettres qui avaient été déposées et les compulse distraitement.

– Tiens, une lettre de Massu. Il m'écrit régulièrement depuis que j'ai quitté l'Élysée. Je l'aime bien. J'ai entendu qu'on colportait une histoire à notre sujet. Je lui aurais dit un jour : « Alors, Massu, toujours aussi con ? » « Toujours gaulliste, mon général ! » aurait-il répondu. Cette histoire est évidemment fausse. Mais en définitive, il a beau être con, il est brave et il ne se pose jamais de questions. Au temps de Napoléon, il aurait été maréchal d'Empire.

– Mon général, vous m'avez tendu une perche en me parlant de Massu.

– Ah bon ?

– Je suppose que si vous avez cité son nom, c'est pour revenir sur l'affaire de Baden ?

– Mais pas du tout ! Cela dit, si vous voulez qu'on en parle, allons-y !

– C'est vous qui m'y avez invité. Votre fuite à Baden est un de mes pires souvenirs avec vous.

Pompidou est satisfait de constater une légère crispation de son interlocuteur au mot « fuite ». Il poursuit :

– Imaginez ma tête quand le 29 mai sur le coup de 14 heures, le secrétaire général de l'Élysée est entré dans mon bureau à Matignon en disant : « Le Général a disparu ! Son hélicoptère devait se poser à Colombey et n'est jamais arrivé. » Pendant un après-midi entier, après avoir craint un crash, j'ai été persuadé que vous aviez abandonné le pouvoir et que vous vous étiez réfugié à l'étranger pour ne plus assister à ce spectacle désolant d'une France à l'arrêt et au bord de l'insurrection communiste.

– Je sais cela. Chaban, qui était dans votre bureau à ce moment-là, me l'a raconté.

– Je ne savais que faire. C'était terrible. Si vous aviez démissionné, ou si le Conseil constitutionnel avait constaté votre incapacité à diriger le pays, c'est Monnerville, le président du Sénat, qui aurait assuré l'intérim à l'Élysée. Vous savez combien il nous haïssait. Il aurait flanqué par la fenêtre les institutions de la Vᵉ République.

– Je le savais parfaitement, assume de Gaulle. Vous auriez pu quand même vous douter que je n'aurais pas abandonné la France.

– Mais comment aurais-je pu le deviner ? Déjà lors de l'élection présidentielle de 1965, lorsque vous avez été mis en ballottage par Mitterrand, vous aviez failli jeter l'éponge.

– Ce n'était pas pareil. Évidemment, 68 m'avait pris au dépourvu. Je ne sentais plus ce que voulait le pays. Que les syndicats s'agitent et réclament des augmentations de salaire, c'est normal. Que les communistes fassent un peu d'agitation pour que l'on évite de parler du printemps de Prague au même moment, c'est logique. Mais la jeunesse, Pompidou, la jeunesse ! Je n'arrivais pas à la comprendre. Même mes petits-enfants étaient favorables au mouvement. Ce sont tous des gamins nés après guerre dont les parents ont été traumatisés par la défaite de la France en 1940 et par l'Occupation à laquelle ils n'ont pas réagi. Ces jeunes aspiraient à davantage de liberté par rupture avec leurs aînés qui portaient encore en eux le traumatisme de la collaboration.

– Ce n'étaient que des gosses turbulents qu'il fallait traiter comme tels, réplique Pompidou. J'ai même craint à un moment que vous ne demandiez à la troupe de tirer. Cela aurait été sans moi. Un pouvoir qui tire contre sa jeunesse est déjà mort sans le savoir.

– Je ne peux pas vous donner tort. Je suis frappé de constater que Mai 68 a révélé que ni le gouvernement ni moi n'avions compris la jeunesse et donc, nous n'avons pas anticipé cette crise. Était-elle prévisible ? Sans doute oui, si on avait mieux saisi ce que les jeunes voulaient exprimer. C'est compliqué quand on est au pouvoir de continuer à sentir les aspirations de la population. Les élites sont coupées de la réalité. C'est bien pour cela qu'il faut recourir le plus régulièrement possible au suffrage universel qui est à la base de tout.

– Vous avez raison, même si après les législatives de 68 où nous avons recueilli une majorité exceptionnelle, vous comme moi étions assez désenchantés du résultat, car s'il fut triomphal pour nous, on avait bien compris qu'il ne reflétait que l'inquiétude de la partie la moins progressiste de la population. Il n'empêche que nous n'avons pas su saisir les aspirations de la jeunesse et cela est très ennuyeux.

– Même si celle-ci avait tendance à se plaindre que la soupe était trop chaude alors qu'il lui suffisait de souffler dessus, affirme de Gaulle. Tous les jeunes de ma génération n'ont pas eu besoin de manifester pour se faire tirer dessus. Et ils sont tombés par millions. Souvent pour rien. Pour flatter l'ego de quelques généraux bien gras et repus, confortablement installés à l'arrière et qui voulaient faire aussi bien que leurs collègues d'à côté en menant une offensive inutile au milieu des barbelés et de la mitraille. Les haut gradés de l'Armée française étaient devenus des fonctionnaires de la guerre : faire plaisir à son chef immédiat mais pas au point de prendre des initiatives, et surtout maintenir son petit statut et son petit standing. Peu importe que les paysans du Maine ou de l'Artois croupissent dans les tranchées en attendant de devenir de la chair à canon. Ce n'était pas très difficile d'être général à cette époque. On était logé dans un beau château, on avait du personnel pléthorique, qui était, de plus, fou de joie de ne pas être sur le front, et, bien à l'arrière de la mitraille, on s'amusait à faire avancer les unités sans se préoccuper des hommes. Pétain l'avait bien dit quand il était encore lucide : « N'oubliez pas, messieurs, que le feu tue ! » Notre siècle n'est pas plus inhumain que les autres. Le progrès technique a juste permis d'industrialiser les massacres qui prenaient par le passé beaucoup plus de temps et avaient moins d'ampleur : la faim et les épidémies étaient bien plus performantes !

– C'est vrai. Ce fut une terrible tragédie. Le sens du sacrifice des Français est parfois incroyable. Mais revenons à notre sujet. Pourquoi êtes-vous allé à Baden ? Savez-vous ce qui m'a mis la puce à l'oreille ? Juste avant de raccrocher au téléphone alors que vous vous apprêtiez à partir, vous m'avez dit : « Vous êtes jeune, je suis vieux, c'est vous qui êtes l'avenir. Je vous embrasse. » Jamais en vingt-cinq ans de collaboration vous n'aviez prononcé de pareils mots à mon égard. J'en ai été très heureux, mais vous comprenez à quel point cela m'a perturbé.

– Je ne me souvenais plus d'avoir dit cela, assure de Gaulle, mais Chaban me l'a confirmé. Il m'a fait sourire car il aurait enchaîné devant vous : « Il vous embrasse, c'est que vous êtes baisé. » Je puis vous le dire maintenant, j'étais terriblement déprimé par ces événements. J'avais l'impression que tout me filait entre les doigts et que je n'avais plus aucune prise sur le pays. J'avais décidé de partir à Colombey pour vingt-quatre heures, ne serait-ce que pour arriver à dormir. Mais la nuit précédant mon départ, j'ai eu brutalement une idée.

– Laquelle ?

– Susciter un électrochoc dans le pays. Il fallait que les millions de braves gens qui commençaient à en avoir plus qu'assez du tracassin et du tumulte aient envie de dire aux agitateurs : « Ça suffit ! » Pour cela, je voulais qu'ils aient la trouille et qu'ils comprennent que s'ils ne voulaient pas aider le pouvoir à remettre de l'ordre, eh bien le pouvoir allait les laisser se débrouiller avec Cohn-Bendit, les communistes voire, encore pire, avec Mitterrand (il avait encore une fois prononcé « Mitran »). Je me suis dit que si je disparaissais quelques heures, à l'étranger de surcroît, ils auraient peut-être cette fameuse trouille et qu'on reviendrait aux choses sérieuses.

– Votre stratégie a fonctionné à merveille, confirme Pompidou. Vous savez à quel point je vous admire pour cela. Mais pourquoi ne me l'avez-vous pas dit ? J'étais le seul, depuis Matignon, à tenir l'État à bout de bras. Les hauts fonctionnaires ne voulaient plus obéir, tous vos ministres, à commencer par les plus grands gaullistes, s'étaient débinés, j'affrontais seul une manifestation gigantesque où on se demandait même si les communistes n'allaient pas chercher à attaquer l'Élysée et je me retrouvais en plus à gérer la disparition de De Gaulle ? Et si à ce moment j'avais jeté l'éponge ?

– Je l'avais aussi envisagé. Mais très vite j'avais écarté cette hypothèse. Vous avez trop le sens de l'État pour cela. Cela m'a conforté dans mon opération. Il fallait le secret le plus absolu pour que l'affolement soit général. Y compris le vôtre pour qu'au sein de l'État il y ait ce sursaut qui était indispensable. Personne à l'Élysée n'était au courant, vous m'entendez, personne. Ni Tricot, ni Foccart, ni même Flohic, mon aide de camp. Je lui avais juste demandé de prendre des cartes aériennes de l'est de la France après Colombey, ce qu'il a fait sans poser de questions. Cela valait mieux pour lui d'ailleurs. Seule ma famille en a été vaguement informée car je savais qu'ils ne diraient rien, quoi qu'il arrive, d'abord mon gendre qui devait prévenir Massu depuis Colombey et qui n'a pas réussi, puis mon fils que j'ai fait venir à Baden avec sa famille au cas où. Je n'avais pas envie qu'ils soient otages des excités de Paris. C'était peu probable mais on ne sait jamais. Déjà que ma femme avait été agressée en faisant les courses quelques jours plus tôt… Et par une bourgeoise, en plus, vous m'entendez, une bourgeoise ! C'est-à-dire ces andouilles qui seraient les premières à se faire piquer leurs économies et leurs biens par les révolutionnaires si, à Dieu ne plaise, l'extrême gauche prenait le pouvoir en France. Cela me faisait penser à ces libéraux au moment de la Révolution et qui se sont fait guillotiner pendant la Terreur. À vouloir fricoter avec les extrêmes par démagogie, on finit toujours par se faire bouffer. Comme Chronos, l'extrême gauche dévore toujours ses propres enfants et les idiots utiles qui l'ont soutenue par romantisme révolutionnaire. Ce sont eux, les vrais veaux. Une maigre cervelle et une capacité à se faire mener à l'abattoir sans s'en rendre compte à aucun moment. Après tout, je ne suis pas hostile dans certains cas à la sélection naturelle ! *Vae victis !* Je vous l'ai souvent dit, Pompidou, quand on travaille avec moi, il ne faut pas faire de sentiment, surtout quand il s'agit de l'intérêt de la France.

Pompidou gémit presque :

– C'est bien ce que je craignais, vous m'avez totalement manipulé. Vous saviez pourtant que je vous étais d'une totale fidélité et que je ne vous aurais jamais trahi.

Il se redresse et son ton devient nettement plus incisif :

– On ne traite pas comme cela ceux qui se dévouent corps et âme pour vous et pour le pays.

– Je n'ai aucun regret car il en allait de l'intérêt de la France. Je suis resté à Baden moins d'une heure trente, atterrissage, décollage, plateau-repas et pause pipi compris. Vous imaginez qu'en quarante-cinq minutes, Massu aurait pu me convaincre de rentrer en France si j'avais décidé de quitter le pouvoir ? C'est une blague ! Allez, je comprends votre agacement. Vous n'aurez qu'à écrire dans vos mémoires que, totalement déprimé, j'avais décidé d'aller voir à

Baden un vieux camarade de combat qui m'a remonté le moral et m'a fait me remettre sur mon cheval. Je m'en fiche. Il faut que vous compreniez. Vous avez admirablement géré la crise, je suis prêt à le reconnaître ainsi que mes torts à votre égard, mais c'est moi et moi seul qui l'ai dénouée. La raison pour laquelle je voulais vous parler aujourd'hui de cette affaire est simple : parfois un chef doit savoir dissimuler pour triompher. Prenez-en de la graine !

– Je ne suis pas d'accord avec vous. La crise se serait arrêtée toute seule, même s'il n'y avait pas eu Baden. Certes, cela aurait pu prendre du temps, mais les bourgeois comme vous dites et surtout toute la majorité silencieuse en province qui ne pouvait plus travailler, ni circuler, étaient avec moi. Ils auraient fini par ressentir cette fameuse frousse face au vide, que vous avez si bien suscitée. C'était déjà un peu le cas fin mai. Par ailleurs, je ne suis pas d'accord avec votre méthode. Vous perdez la confiance de vos proches qui ont le sentiment de n'être plus que des pions. Moi-même, j'ai été profondément blessé par votre attitude à mon égard. J'avais l'impression que vous ne me faisiez plus confiance, ce qui était vrai d'ailleurs.

De Gaulle fait de grands gestes de dénégation.

– Comment voulez-vous que je donne le meilleur de moi-même dans des circonstances ultra-difficiles si je sens que vous ne me soutenez pas, que vous m'utilisez, voire que vous me manipulez ?

– Vous êtes un orgueilleux, Pompidou. Vous avez toujours voulu apparaître comme le favori dans le cœur de De Gaulle. Vous avez un intense besoin que je vous montre de la considération, du respect. Je peux vous assurer que j'en ai beaucoup pour vous ! Mais parfois, il y a une raison supérieure. Celle de l'État, de la France, quand l'intérêt national est en jeu.

Pompidou s'agite sur son siège. Il est mal à l'aise :

– Ce manque de considération, je l'ai aussi ressenti encore plus douloureusement lors de l'affaire Marković.

– Ah, je savais bien que vous alliez m'en parler. Sachez que j'ai une totale répugnance pour cette affaire.

– Je suis désolé d'aborder ce sujet mais il nous a trop empoisonné la vie alors qu'il vous suffisait de dire un mot, un seul mot pour que tout s'arrête. Ma femme en a fait une dépression. J'ai même craint le pire pour elle. Je sais que la politique est impitoyable et rassurez-vous, j'ai le cuir tanné. Mais que mes ennemis attaquent ma femme pour s'en prendre à moi, c'est insupportable de lâcheté. J'aurais été capable de tuer.

De Gaulle marque un mouvement d'étonnement.

– Oui, de tuer. Vous êtes surpris d'entendre cela du Pompon que vous connaissez, toujours de bonne humeur, toujours souriant, amateur d'art contemporain, fréquentant le Tout-Paris ? Vous êtes étonné qu'il puisse envisager d'en arriver à de telles extrémités ? Vous n'avez pas compris que c'était la pire chose que l'on puisse me faire subir. Claude a toujours détesté la vie politique. Déjà, elle ne voulait pas que j'aille à Matignon en 1962. Le fait que je puisse vous succéder un jour lui faisait horreur. C'est bien pour cela que mes ennemis s'en sont pris à elle.

– Vos ennemis, reprend de Gaulle. Vous ne croyez pas que vous exagérez un peu ? Pourquoi ne voulez-vous pas voir dans cette affaire lamentable l'incompétence et la bêtise de la police et de la justice, toujours avides de scandales et de s'en prendre aux puissants, sans même parler de la presse qui, à l'instar des requins, s'agite dès que le sang commence à couler ?

– Mes ennemis. Je le dis sciemment. Il y en avait beaucoup autour de vous et vous leur avez prêté l'oreille. Je connais le dossier par cœur et je l'ai intégralement reconstitué. Je vais commencer la liste. Tricot, votre secrétaire général. Il avait reçu un dossier sur cette affaire qui était vide, avec des photos truquées et des accusations contre ma femme venant de petits voyous yougoslaves dont l'un était d'ailleurs en prison. Ces pseudo-révélations étaient improbables, contradictoires et fantaisistes. À la lecture de ce document, même le plus idiot des policiers ou des magistrats aurait conclu à une mauvaise farce venant d'un mythomane. Eh bien, le conseiller d'État Tricot n'a rien trouvé de mieux que d'affréter un hélicoptère pour venir à Colombey le jour de la Toussaint afin de vous présenter un dossier vide, alors qu'il aurait peut-être pu attendre deux jours que vous rentriez à l'Élysée, et vous laisser ainsi vous recueillir sur la tombe de votre fille Anne.

– Gardez ma fille en dehors de tout cela, s'il vous plaît.

– Et laisser accuser honteusement ma femme à la place ? Ah non… Ensuite votre Premier ministre Couve de Murville…

– Vous ne pouvez pas dire cela. Je lui avais demandé de vous appeler et de vous prévenir.

– Je le sais, réplique fermement Pompidou en coupant la parole au Général. C'était lors d'une réunion à l'Élysée où le dossier vous a été présenté. Je connais précisément le contenu de cet entretien, il y a un peu moins de deux ans et c'est encore douloureux pour moi. Le de Gaulle que je connais et que j'ai servi aurait dû balayer tout cela d'un revers de main. Ce qui m'a le plus blessé est que j'ai assisté à une scène similaire en 1965 quand Roger Frey vous a montré la photo de Mitterrand, fraîchement décoré de la francisque et exalté aux côtés de Pétain. Certes, ce n'étaient pas les mêmes circonstances mais vous avez rejeté avec vigueur cette photo, en refusant de l'utiliser pendant la campagne de la présidentielle alors que vous saviez parfaitement qu'elle était authentique. J'eusse tant aimé que vous fassiez de même avec ces clichés immondes et parfaitement faux concernant ma femme.

– Mais, Pompidou, cela n'a rien à voir.

Le ton de la voix du Général a baissé. On sent qu'il veut calmer son interlocuteur.

– Revenons à Couve, poursuit Pompidou dont l'élocution est devenue rapide et dont les paroles s'entrechoquent. Je sais que vous lui avez demandé de me prévenir. Il ne l'a jamais fait. Encore un grand courageux, celui-là, bien dans la tradition du Quai d'Orsay. Mais vous n'avez jamais vérifié s'il m'avait contacté. Il a fallu que ce soit un de mes anciens conseillers, passé chez Marcellin à l'Intérieur, qui me l'apprenne. Je crois que mon cabinet l'a un peu forcé à le faire. Rétrospectivement, je me mets à sa place, cela a dû être terrible pour lui. Même si on ne tue plus les porteurs de mauvaises nouvelles, personne n'a envie de jouer les Cassandre… Quand je pense que quelques semaines plus tôt, lorsque était venue à mes oreilles cette rumeur de femme de ministre prise en photo dans une partie fine, je m'étais livré à quelques suppositions... Insensé que j'étais ! Troisième traître : Marcellin, votre ministre de l'Intérieur, qui lui aussi m'a joyeusement trahi. Le jour, il me prodiguait de bonnes paroles, et la nuit, il me plantait des poignards dans le dos.

– Que voulez-vous, c'est un centriste... Ils ont cela dans le sang.

– Quatrième traître, Capitant ! Ce n'est pas un centriste lui, mais votre fils préféré...

De Gaulle fait de grands gestes de dénégation face à cette affirmation, un peu exagérée, de Pompidou.

– ... à qui vous aviez confié la réforme de la participation à laquelle il rêvait plus qu'il n'agissait. Il n'a eu de cesse de me nuire. Capitant vous a proposé d'ouvrir une information judiciaire sous le mauvais prétexte de contrôler l'enquête. Il a nommé le juge Patard, dont le nom rime avec connard, qui a multiplié les déclarations les plus abracadabrantes et les actes de procédure inutiles quand il ne laissait pas le dossier fuiter dans la presse. Ce fut encore pire. Vous voyez, mon général, même vous, vous avez été manipulé par Capitant.

De Gaulle s'agace :

– Manipulé, moi ? Comme vous y allez. C'est ridicule et offensant.

– Parce que cette affaire n'était pas offensante pour ma femme et moi ? gronde Pompidou. Être la risée du Tout-Paris faisant des gorges chaudes sur des photos inventées prises lors d'une partouze ? Les rires sous cape, les ricanements, être montré du doigt partout, au théâtre, à l'Opéra, vous croyez que c'est facile ? Ce fut un cauchemar pour nous, et même encore aujourd'hui, je sens que Claude demeure d'une immense fragilité. Être visé par ce genre d'accusations infâmes incite involontairement à surinterpréter tous les gestes, tous les regards, pousse à la paranoïa, favorise l'enfermement. Le seul réconfort pour ma femme, dans la vie folle que je lui faisais mener, était de pouvoir sortir, trop rarement à nos grés, voir des expositions, des premières à l'Opéra. Du jour au lendemain, pour ne plus être en butte à cette ignoble rumeur, Claude s'est enfermée sur elle-même et n'était pas loin de la dépression alors que je ne connais pas une femme plus forte qu'elle. J'ai craint pour sa vie. Alors je me suis mis à haïr tous ceux qui directement ou indirectement en étaient à l'origine, avec une intensité qui m'a moi-même effrayé.

– Mais enfin, Pompidou, calmez-vous !

– Encore aujourd'hui je ne le peux toujours pas. Car mes ennemis ont voulu s'en prendre à une valeur cardinale à mes yeux : mon honneur et, pire encore, celui de ma femme.

Pompidou met la main à sa poche et sort un petit carnet de moleskine noir qu'il montre au Général :

– Vous voyez ce carnet ? Il ne me quitte jamais. J'y ai mis le nom de tous ceux qui ont trempé dans cette affaire. Je le garderai jusqu'à ma mort et, jusqu'au moment où Dieu me rappellera à lui, je n'aurai de cesse de leur nuire. Je peux même vous faire un aveu. J'ai failli y inscrire le vôtre ! J'y ai finalement renoncé.

Pompidou s'effondre dans son fauteuil, comme épuisé. De Gaulle laisse passer quelques instants avant de répondre.

– Eh bien, eh bien, je ne pensais pas que cela remuait autant de passion chez vous. Rassurez-vous, je vais vous dire ce que je pense de tout cela. Je m'en veux. Je n'ai pas bien agi à votre égard et à celui de votre femme que j'apprécie beaucoup, vous le savez.

– Je le sais, cela a rendu votre comportement encore plus difficile à comprendre à nos yeux, dit Pompidou d'un ton déjà radouci. Comment vous, l'homme le plus rationnel et réfléchi que je connaisse, a-t-il pu croire un seul instant à cette enquête à charge, bâclée, avec des témoins dont les dépositions étaient farcies d'invraisemblances ? Tous les actes de l'instruction du misérable juge Patard étaient biaisés et n'avaient d'autre raison que de flatter l'ego de ce triste sire en faisant parler de lui. Les enquêteurs de la police ont été tout aussi malintentionnés en multipliant les interrogatoires des personnes troubles, pour la plupart yougoslaves, autour de Marković.

– Je n'ai jamais cru que votre femme fréquentait des lieux de débauche ! Mais vous avez un peu payé dans cette affaire vos fréquentations du Tout-Paris, de la jet-set. Ce n'est pas anodin de fréquenter de telles personnes. Je n'ai rien contre Alain Delon, dont Marković était le garde du corps, l'homme de confiance, voire l'amant de sa femme si j'en crois les gazettes.

Pompidou montre un geste de surprise. Il ne pensait pas que de Gaulle avait eu connaissance de cette rumeur. Le Général poursuit :

– Delon est un magnifique symbole de la France et il m'a d'ailleurs écrit une lettre après mon départ de l'Élysée qui m'a beaucoup touché, mais approcher ce genre de personnes, autour desquelles gravitent toujours des individus bien plus sulfureux, n'est pas à faire quand on est Premier ministre de la France.

– Vous m'avez toujours reproché ces fréquentations, comme vous dites, et franchement, je ne l'ai jamais trop compris, contre-attaque Pompidou. Ce n'est pas parce que je fréquentais Saint-Tropez l'été que j'assimilais les mœurs les plus extravagantes de ses vacanciers. Je me rappelle même qu'en 1963 vous m'avez forcé à interrompre mes vacances en plein week-end du 15 août, pour convoquer un conseil des ministres extraordinaire afin d'adopter un plan de rigueur parce que votre femme vous avait dit que le prix des légumes avait augmenté sur le marché de Chaumont ! Giscard d'Estaing, votre ministre des Finances que vous aviez chargé de mettre en place ce plan, en avait d'ailleurs profité pour me planter des banderilles dans le dos. J'ai juste attendu le bon moment pour l'exécuter deux ans plus tard en lui faisant quitter le gouvernement après votre réélection. J'avais bien senti que vous étiez ravi de me forcer à interrompre mon séjour à Saint-Tropez. Sans doute pleuvait-il un peu trop à Colombey ? Vous m'avez même obligé à aller passer mes vacances en Bretagne ! Quelle purge ! La pluie, le froid, l'eau de mer à 18 degrés… J'en avais profité pour me faire prendre en photo en maillot de bain avec un pull en laine à col roulé !

– Votre maison de Cajarc que je ne connais pas, c'est très bien. C'est exactement ce qu'il faut pour un président de la République. Mais pas Saint-Tropez ! Pourquoi pas Monaco tant que vous y êtes !

– Mais vous vous rendez compte que pour me donner une leçon d'ascèse, vous avez laissé jeter l'honneur d'une femme aux chiens ? Je ne peux pas être d'accord, mon général !

– Je n'ai pas dit cela. Mais ce n'est pas un hasard si ce genre d'accusations grotesques n'a jamais été formulé contre ma femme et moi...

– Il est certain qu'à Colombey, il y a peu de risques... Pourtant vous auriez pu craindre quelques révélations sur vos liaisons de jeunesse à Arras et en Pologne.

– Vous êtes gonflé ! Et vous, quand vous êtes monté à Paris, j'ai cru comprendre que les femmes, ça défilait... C'est Senghor qui me l'a dit.

– Ah ce vieux Senghor ! sourit Pompidou à l'évocation de son ami de jeunesse. Il sait tout de moi. Mais il est vrai qu'entre-temps, vous et moi, nous nous sommes mariés, et je sais que vous avez été irréprochable. Tout comme moi. Je suis trop amoureux de ma femme pour avoir l'idée même de la tromper.

– Vous savez, Pompidou, j'ai parlé un jour de cette affaire sordide avec Alain de Boissieu pour lui demander son avis. Ce jour-là, il m'a étonné.

– C'est-à-dire ?

– Il m'a dit textuellement : « Mon père, ce que vous avez fait et surtout ce que vous n'avez pas fait dans l'affaire Marković, ce n'est pas du de Gaulle, ou du moins, je ne l'ai pas retrouvé. Vous avez laissé piétiner l'honneur d'un couple que vous connaissiez pourtant si bien. La raison d'État aurait pu le justifier et je suis sûr que Georges Pompidou l'aurait compris. Mais ce n'était même pas le cas. » Vous voyez, venant de mon gendre, cela ressemble furieusement à une engueulade, un peu comme celle que vous venez de me passer !

– Cela n'a pas dû vous arriver souvent, remarque Pompidou. En tout cas, c'est la première fois que je vous parle ainsi.

– Pour moi, tout cela était des racontars et des bobards, venant des officines, des barbouzes, si ce n'est des anciens de l'OAS, voire de nos services secrets. Bref, ces hommes de sac et de corde du même genre que ceux de l'affaire Ben Barka. Prêter l'oreille à ces fadaises serait leur faire crédit. Un homme d'État doit se blinder face à la calomnie surtout quand il n'a rien à se reprocher. Le mépris est la seule réponse qui doit être apportée à tout cela. C'est ce que je vous avais écrit, je crois.

– Je veux bien mépriser la rumeur, sauf que la moitié de votre gouvernement la propageait joyeusement, et que vous-même êtes resté totalement silencieux. Je n'y ai vu que de l'indifférence de votre part à mon égard, voire une forme de petite joie bien catholique : c'est bien fait pour lui, qu'il expie et se repente…

– Vous vous êtes bien vengé, dit de Gaulle avec une pointe d'agressivité. En me faisant perdre le référendum l'année dernière. Bravo. Vous avez bien monté votre affaire.

– Comment pouvez-vous dire cela ? s'exclame Pompidou, stupéfait.

– Votre petite phrase à Rome en janvier 69, en pleine affaire Marković. Je la connais par cœur : « Ce n'est je crois un mystère pour personne que je serai candidat à une élection présidentielle quand il y en aura une. » Belle exécution ! Il déclame : « Française, Français, ne vous inquiétez pas. Si d'aventure le général de Gaulle vient à démissionner, n'ayez pas peur, je suis un recours évident et naturel. Et comme vous allez avoir bientôt l'occasion de dire non à de Gaulle, n'hésitez pas ! »

– Mais vous savez très bien que cette phrase, je l'ai dite cent fois à des journalistes ! Pardonnez-moi, vous n'avez pas eu besoin de mon intervention pour perdre ce référendum. Je fais partie de ceux qui pensent que vous avez tout fait pour vous ménager la plus belle des sorties : démissionner alors que rien ne vous y obligeait, parce que vous aviez le sentiment que le peuple français ne vous faisait plus totalement confiance. C'est quasiment de la démocratie parfaite. Contrairement à ce que ces crétins bêlants de l'opposition ont pu dire ou écrire sur vous, je demeure persuadé que vous êtes le plus grand démocrate que j'aie jamais connu. Vous avez redonné au pays sa liberté, et vous avez scrupuleusement veillé au maintien de votre légitimité auprès du peuple. Toutefois, sur ce référendum, vous avez accumulé trop d'erreurs pour que ce soit honnête, ou, pour le moins, crédible. D'abord mélanger la régionalisation et la participation qui n'avaient aucun point en commun. Ensuite attendre quasiment un an après les événements de Mai 68 pour organiser le scrutin. Je me rappelle vous avoir dit en septembre 68 que si vous teniez absolument à faire ce référendum qui n'avait guère de sens à mes yeux, il fallait l'organiser au plus vite pour rester dans l'esprit du camp de la trouille qui avait massivement voté pour nous aux législatives de juin 68. Votre plus grande erreur est d'avoir laissé faire le gouvernement et toute son administration qui a traîné, consulté, reculé pour déboucher sur un texte incompréhensible.

– Vous n'avez pas tort et j'ai manqué de vigilance, admet de Gaulle avec gravité. Mais il y avait toujours une bonne raison : « On n'a pas eu le temps d'écrire la loi, on est débordés » – connaissez-vous un fonctionnaire dans ce pays qui ne se dise pas suroccupé ?

Il faut consulter Untel, on n'a pas l'avis du Conseil d'État, il faut transmettre le texte à Gustave, Théodule ou Hippolyte... Que de fois Couve est venu me dire cela. Il n'était pas de mauvaise foi mais il manquait totalement d'autorité sur son administration et j'ai commis l'erreur de ne pas le harceler. Avec l'âge, je suis devenu plus conciliant...

Pompidou s'esclaffe discrètement.

– ...Mais avouez quand même que votre petite phrase a rassuré les bourgeois, et les milieux d'affaires se sont dit qu'ils pouvaient se débarrasser de De Gaulle sans prendre aucun risque. La bourgeoisie m'a toujours détesté. Elle est pétainiste dans l'âme. Elle adore se faire peur et éprouver le grand frisson canaille de la révolution en marche, mais elle va garer sa DS dans le XVIe pour qu'elle ne soit pas abîmée par les cortèges de manifestants. C'est la France qui pense que l'on mérite nos malheurs et qui a une sainte horreur de la grandeur car elle n'attire que des ennuis. Quant aux milieux d'affaires, ce n'est pas mieux. Les patrons n'ont aucun sens de l'intérêt général et de celui de la France. Une seule chose compte à leurs yeux : le profit. Et s'il faut faire affaire avec le diable, peu importe.

– Je reconnais bien volontiers qu'il n'est pas impossible que mon inconscient ait travaillé aussi lorsque j'ai prononcé ces mots. J'avais vécu mon départ de Matignon comme une disgrâce et je vous reprochais surtout de m'avoir fait annoncer la nouvelle de mon départ par votre secrétaire général. Je craignais d'être oublié, à la fois de vous, du monde politique et surtout des Français.

– Me faire perdre le référendum a été en effet un bon moyen de ne pas vous faire oublier. Vous pouvez être certain que mes plus fidèles ne vous l'ont pas pardonné et toutes les difficultés que vous rencontrez en ce moment avec votre gouvernement sont dues à ce que d'aucuns considèrent comme une trahison de votre part. Trahison bien inutile au demeurant. À mon tour de vous faire une confidence. J'ai gardé le brouillon d'un texte que j'avais prévu de révéler aux Français dans quelques mois ou plus exactement le 21 novembre 1970 au soir.

De Gaulle sort un papier de la poche intérieure de sa veste et le tend à Pompidou :

– Tenez, lisez et vous comprendrez.

– Mon Dieu, comme votre écriture est difficile à lire…

– Ne vous plaignez pas, ironise de Gaulle, c'est un premier jet sans lendemain, c'est-à-dire sans ratures ni ajouts !

– J'ai beau avoir été plus de vingt-cinq ans à votre service, j'ai toujours du mal…

Pompidou chausse ses lunettes, se concentre en fronçant les sourcils et se met à lire.

Françaises, Français,

Ce soir, pour la première et pour la dernière fois, je vais vous parler de moi. Demain sera le jour de mon quatre-vingtième anniversaire. J'ai trop connu par le passé les ravages de l'âge à des postes d'immenses responsabilités pour ne pas saisir cette opportunité symbolique. En toute liberté, alors que ni la maladie ni rien d'autre ne m'y contraignent, j'ai décidé de démissionner du poste de président de la République et de mettre fin par anticipation au mandat que vous m'avez confié.

J'ai pris cette décision car il me semble que le génie de notre temps nécessite de mettre à la tête de la France quelqu'un de jeune, de moderne, qui poursuivra à la fois le développement économique et le progrès social de notre pays tout en maintenant son indépendance vis-à-vis de tous les blocs.

Il m'a semblé que j'avais assumé suffisamment de responsabilités à la tête de l'État, en rendant à la France sa liberté après le second conflit mondial et en la met-

*tant dans le camp des vainqueurs, puis en sauvant le pays de la guerre civile dans laquelle l'impuissance du régime de la IV*e *République la conduisait.*

Un garçon ou une fille de quinze ans n'auront connu qu'un seul chef de l'État depuis leur naissance. Ces jeunes représentent l'avenir et il est donc largement temps que la France dispose d'un président qui leur ressemble davantage, qui ressente et anticipe leurs besoins.

Je suis parfaitement serein d'avoir pris cette décision. D'abord parce que toute mon action politique a visé à vous redonner le pouvoir. C'est désormais vous et vous seuls qui choisirez celui qui sera amené à présider aux destinées de la France, mettant ainsi fin au calamiteux régime des partis et des combinazione.

Je pars pleinement confiant car la France dispose désormais d'institutions solides, stables et efficaces. Son économie est puissante. Son nom est respecté de par le monde et il rime désormais avec liberté et indépendance.

Conformément à l'article 7 de la Constitution, c'est M. le Président du Sénat qui assurera l'intérim de la présidence de la République française, le temps que s'organise la campagne pour l'élection présidentielle qui se tiendra dans un délai compris entre trois semaines et un mois.

Quant à moi, je rentre dans mon village de Colombey-les-Deux-Églises pour y écrire mes mémoires et je ne prendrai plus jamais part à la vie publique.

Demain matin, le soleil se lèvera toujours sur Colombey comme sur toute la France, ce cher et vieux pays désormais fort, puissant et respecté. L'État demeurera et j'aurai, enfin, le sentiment du devoir accompli.

Vive la République, Vive la France !

Pompidou replie soigneusement le document et le remet au Général qui tend la main pour le récupérer :

– Ce texte est magnifique. Il m'émeut profondément. Il est dommage que les Français ne l'aient jamais entendu… Cela va sans doute vous surprendre, mais je m'en doutais un peu. Évidemment, je mesurais chaque jour à quel point vous étiez dans une forme intellectuelle et physique hors du commun, mais je connaissais votre angoisse des ravages de la vieillesse, et surtout, vous aviez peur que personne n'ose vous le dire. Partir en pleine gloire à quatre-vingts ans alors que rien ne vous y obligeait était une sortie majestueuse, digne d'un personnage historique.

– Très peu – voire aucun – ont eu ce courage : Roosevelt est mort à la tâche, Churchill a été battu aux élections, Staline est mort seul dans sa datcha, victime de la peur qu'il inspirait aux autres. En fait, dans l'histoire, le seul qui a eu l'intelligence d'abdiquer pour confier le pouvoir à son fils et à son frère parce qu'il ne s'en sentait plus la force est Charles Quint, il y a plus de cinq siècles. C'est important, Pompidou, quand on dirige un grand pays comme la France, d'être en pleine capacité de ses moyens physiques et intellectuels. Dans mon esprit, le président de la République n'est pas un monarque de droit divin. Il doit en permanence questionner sa légitimité. Le gouvernement aussi ! C'est la raison pour laquelle j'ai tenu par-dessus tout à ce que nous conservions un régime parlementaire car il était capital pour moi qu'un gouvernement ne puisse agir sans le soutien de l'Assemblée nationale qui tient son pouvoir du peuple. Quant au président, sa légitimité tout entière, quels que soient ses pouvoirs propres, ne tient que dans le lien de confiance qu'il a avec les Français. Vous vous rappelez la définition de la nation pour Renan : le plébiscite de tous les jours. Eh bien, je suis convaincu que c'est un peu la même chose pour le président de la République. Il a un lien particulier avec les Français, du fait que c'est le peuple qui le choisit et que la durée de son mandat est clairement différente de celle de l'Assemblée nationale dont la majorité permet de composer un gouvernement. Tout cela crée un équilibre dont notre pays, qui n'aime rien tant que se diviser, a fondamentalement besoin. Cet équilibre est fragile. Les Français sont un peuple difficile à gouverner. Ils détestent l'autorité et ont une passion viscérale pour l'égalité à la condition que chacun puisse profiter d'un petit avantage ou d'un petit bénéfice. C'est ainsi.

– Vous avez entièrement raison. Nos Français sont vraiment très à part. Mais connaissez-vous un autre peuple qui soit capable des plus grands sacrifices, qui ait une capacité de rebond sans pareille quand il est au fond de l'abîme ? Les Français sont irritants parfois, mais toujours capables des plus grandes choses. Toute notre histoire le montre !

– Il y a quand même une condition, réplique de Gaulle. Il faut que les Français soient bien gouvernés. Qu'ils aient le sentiment d'avoir un chef incontestable, irréprochable, qu'ils aient envie de suivre. À partir de là, on peut tout leur demander. Regardez ce qui s'est passé en 1914. Les militaires avaient craint des désertions en masse. Elles ont été ridicules. Et les poilus ont tenu dans des conditions épouvantables qu'aucun animal n'aurait supportées. Toutes proportions gardées, lorsque j'ai imposé un plan d'économie drastique fin 1958, vous vous en souvenez – on a quand même supprimé entre autres les pensions des soldats de 14-18 –, les Français ont râlé, mais ils ont suivi car ils savaient qu'avec mon retour au pouvoir, on rentrait dans une nouvelle phase de grandeur à laquelle ils avaient envie de s'associer. Tout cela est très subtil et fonctionne sur le lien de confiance entre le président et le peuple. Si ce sentiment tend à se distendre, voire à se rompre, le président de la République n'a d'autre choix que de se démettre. C'était bien la raison pour laquelle je souhaitais faire régulièrement des référendums, à la fois pour trancher des questions importantes comme l'indépendance de l'Algérie ou l'élection du président au suffrage universel, mais aussi vérifier que j'étais toujours en phase avec les Français. Si tel n'était plus le cas, ma démission était la seule solution.

– Je souscris pleinement à ce que vous dites. Toutefois, avez-vous imaginé qu'un jour il puisse y avoir en France un président qui ne soit pas un personnage historique et qui n'ait pas votre stature ?

– Une sorte de président normal ? C'est un immense risque car la France est un trop grand pays pour supporter cela.

– Pour autant, cela arrivera bien un jour, prédit Pompidou. Il ne faudrait pas que cette indispensable vérification périodique de la légitimité du président de la République pousse à l'instabilité, si délétère pour notre pays, ou incite à l'inaction.

– Vous avez raison. L'art de gouverner est d'abord et avant tout une question d'équilibre. Je ne suis pas un grand physicien, mais il me semble que si un équilibre ne peut être instable, il est très souvent précaire.

– Je reviens à votre lettre de démission. Pourquoi ne pas me l'avoir dit ? Nous aurions pu préparer ensemble la transition de façon apaisée.

– Mais Pompidou, le pouvoir ne se transfère pas ! affirme de Gaulle en haussant la voix. Il se conquiert. Nous ne sommes plus en monarchie ! Il fallait que le meilleur gagne ! Rassurez-vous, ce n'est pas Couve de Murville qui aurait pu vous concurrencer ! Encore eût-il fallu pour cela que l'on entendît le son de sa voix. En dehors de lui, vous n'aviez aucun adversaire sérieux. Les élections de 69 ont montré dans quel état était la gauche après s'être ridiculisée en 68. Mais attention pour l'avenir, la mauvaise herbe repousse toujours très vite. En fait, une part de moi-même aurait aimé que Malraux me succédât. Vous imaginez, un immense écrivain à la tête de la France ! J'entends déjà les discours qu'il aurait pu prononcer en France ou à l'étranger ! Ses textes sont exceptionnels et son phrasé est unique. J'envie ce talent. Celui qu'il a prononcé juste avant moi, place de la République en 1958 lors du référendum sur la nouvelle Constitution, résonne encore à mes oreilles. « Ici Paris, le Paris de tous ces quartiers, depuis la porte d'Italie jusqu'au rond-point de la Défense. Écoute pour la France, république de bronze, la réponse de la vieille nef glorieuse. Ici Paris ! Honneur et patrie ! Une fois de plus, Français, au rendez-vous de la république et au rendez-vous de l'histoire, vous allez entendre le général de Gaulle ! » Et celui sur l'entrée des cendres de Jean Moulin au Panthéon ? Je suis certain que vous vous en souvenez encore. Dieu sait s'il faisait froid ce jour-là et si le vent était glacial. Mais la chaleur et la beauté de ses propos ont embrasé le public présent. Jamais je n'ai entendu des mots aussi forts sur la Résistance et la Libération. Bien sûr, il y aura toujours des expressions à la Malraux qu'on ne comprend jamais comme « ces maquis que la Gestapo ne trouva jamais car elle ne croit qu'aux grands arbres ». Mais quel souffle ! Vous, le normalien, ça doit vous faire quelque chose !

– Vous savez que Malraux m'irrite parfois, mais son discours sur Jean Moulin m'a fait plusieurs fois monter les larmes aux yeux, confirme Pompidou avec conviction. Tout le monde se rappelle son « Entre ici, Jean Moulin avec ton terrible cortège ». C'est oublier un peu vite que ce jour-là, en la présence de celui qui était à l'initiative de tout, il a prononcé la seule et la plus belle épitaphe de la Résistance que tout le pays attendait. D'ailleurs, il entame son discours par « Monsieur le président de la République », omettant volontairement les autres personnalités, comme si tous les autres présents ne comptaient pas. Il avait parfaitement raison. L'hommage rendu à Moulin était d'abord une célébration de l'homme qui avait dit non et qui avait permis au pays défait honteusement par les hordes hitlériennes de sauver son honneur. Le texte de Malraux est bouleversant. Il comporte tant de phrases historiques, épiques, stupéfiantes de beauté et de poésie sans pour autant rien cacher des horreurs que la Résistance aura connues, la torture, les supplices, les souffrances incommensurables. Vous savez à quel point j'aime la poésie, et certaines phrases de Malraux sont déchirantes : « Quand les bazookas de Corrèze montaient à la rencontre des chars de Rundstedt lancés de nouveau contre Strasbourg. » Sa conclusion m'a fait pleurer : « Aujourd'hui, jeunesse, puisses-tu penser à cet homme comme tu aurais approché tes mains de cette pauvre face informe des derniers jours, de ces lèvres qui n'avaient pas parlé ! Ce jour-là elle était le visage de la France ! » Je vous ai regardé à ce moment-là. Je vous connais bien. Vous aviez les larmes aux yeux et ce n'était pas le froid. Vous bougiez le haut du corps de droite à gauche en ouvrant vos mains en permanence. Vous étiez d'une pâleur extrême et j'ai même craint que vous ne fassiez un malaise.

– Je me suis dit après coup que je ne pouvais pas mourir là car je voulais entendre la fin du discours de Malraux, confesse de Gaulle en souriant. Avouez qu'une pareille fin n'aurait pas manqué d'allure ! Je vous remercie pour les mots que vous venez de prononcer. Ils sonnent parfaitement juste à mes oreilles. Ne soyez pas inquiet. Malraux président de la République est une chimère. Vous étiez le meilleur choix, le plus solide, le plus compétent. Je vous l'ai même écrit. Vous savez qu'en 1969 j'ai même débranché Capitant qui voulait se présenter contre vous.

– On me l'a dit. En même temps, vous m'aviez aussi dit plusieurs fois que Capitant était fou !

– Il l'est en effet ! Mais d'autres que moi auraient pu être tentés de le soutenir pour cette raison et jouer la politique du pire ! Vous êtes un homme curieux, Pompidou. Vous donnez l'impression d'être un roc, une personnalité très solide, bien campée sur ses racines, dotée d'un bagage intellectuel impressionnant, toujours d'égale humeur et pourtant, vous avez ce besoin irrépressible d'être aimé par de Gaulle, d'apparaître comme son fils préféré, le meilleur de ses disciples.

– Mettez-vous à ma place ! Quand on peut être le fils politique d'un des plus grands Français de tous les temps, on n'hésite pas longtemps.

– On est restés trop longtemps assis. Venez ! J'ai oublié de vous expliquer mes projets d'extension du jardin. Je veux vous montrer les terrains que je voudrais acheter pour agrandir le parc et avoir davantage la paix.

7.

Clôtures du jardin

L'après-midi touche à sa fin. En cette fin août, le soleil commence à décliner. La chaleur est moins forte. Les odeurs d'herbe remontent. Pompidou est songeur et partagé. Cette visite à Colombey s'écoule pour lui comme un rêve. Il a renoué avec celui qui fut son mentor pendant près de vingt-cinq ans, auprès de qui il a tant appris et qu'il admire tant. Il a pu échanger sur des sujets qui lui tenaient à cœur et qui les avaient divisés. Les discussions ont été franches et directes, parfois houleuses, mais Pompidou se sent soulagé d'avoir pu dire au Général tout ce qu'il avait sur le cœur. Il note avec satisfaction que de Gaulle lui-même semble prendre un réel plaisir à ces échanges. Toutefois, il est intrigué. Il trouve inhabituel tout ce temps passé ensemble. Par ailleurs, le Général n'a eu de cesse de changer d'endroit en permanence tout au long de l'après midi comme s'il avait eu la bougeotte, ce qui ne lui ressemblait guère. Il se rappelle une anecdote que lui avait racontée Philippe de Gaulle.

Le 5 juin 1944, le Général avait invité à Londres son fils à dîner. L'horaire était déjà inhabituel puisqu'ils s'étaient mis à table vers 21 heures, mais surtout Philippe de Gaulle ne comprenait pas pourquoi son père faisait durer le dîner largement au-delà des quarante minutes qu'il consacrait à chacun de ses repas. La conversation de plus en plus banale était entrecoupée de silences de plus en plus longs et Philippe de Gaulle était à deux doigts de demander à son père la permission de se retirer. Soudain, minuit sonna à une église proche et de Gaulle fut pris d'un feu qui anima tout son corps même s'il s'efforçait de rester impassible. Il dit à son fils : « Les premiers parachutistes américains sont en train de sauter sur la Normandie, des centaines de navires militaires et des barges de débarquement vont suivre demain matin à l'aube. Le débarquement vient de commencer en Normandie et bientôt, ce sera la libération de la France. Je voulais partager ce moment avec toi. »

Pompidou sent confusément que de Gaulle a encore quelque chose à lui confier. Pour se rassurer, il se dit que de toute façon, il n'a pas été convié à dîner et qu'il sera donc bientôt temps de s'éclipser. Ces réflexions l'ont empêché d'écouter le Général, très en verve, qui discourt sur les champs qu'il va racheter pour agrandir son parc, dans le cadre du remembrement des terres agricoles de Colombey.

– Je vous aurais bien proposé une promenade dans la forêt des Dhuits qui est si agréable et toute proche, mais je crains des photographes, soupire de Gaulle.

– Ce serait si inconvenant que nous soyons vus ? Ce ne serait pas la première fois que nous serions photographiés ensemble. En tant que président de la République, je serais très heureux de pouvoir dire que j'ai rencontré aujourd'hui mon prédécesseur, qui est et demeure le plus grand des Français, et que nous avons échangé sur des sujets d'intérêt national.

– Ah non ! dit de Gaulle avec vigueur. C'est moi et moi seul qui ai pris l'initiative de cette rencontre. Depuis ma défaite au référendum, je ne veux plus intervenir dans la vie publique française et je ne prendrai la parole que si l'intérêt supérieur de la nation est menacé. Cela n'a pas été le cas, du moins pas encore ! Je voudrais quand même vous parler de votre Premier ministre. Ne maltraitez pas trop Chaban. J'ai l'impression que vous avez de plus en plus de mal à le supporter.

– J'aurais certainement beaucoup de choses à apprendre de vous en matière de maltraitance de Premier ministre…

– Ah non, Pompidou, là, vous exagérez ! Je n'ai eu que trois Premiers ministres en onze ans. Être Premier ministre n'est pas un emploi à vie. Debré est resté trois ans et je lui avais clairement dit que je le garderais le temps que durerait la crise algérienne. Il fallait une nouvelle phase politique une fois l'Algérie devenue indépendante. Puis je vous ai nommé. Je vous aurais bien changé en 1967 au moment des législatives puisque je voulais mettre en œuvre la participation dans les entreprises et je voyais bien que vous y étiez hostile. Vous seriez resté cinq ans à Matignon, ce qu'aucun de vos prédécesseurs sous la IIIe ou la IVe République n'avait réussi à faire. Je voulais nommer Couve de Murville, en 1967, mais cet idiot s'est fait battre aux législatives dans un endroit imperdable. J'ai donc été obligé de vous garder.

– Et je sais mieux que quiconque que vous détestez par-dessus tout ne pas avoir de choix.

– Cependant, après 68, je vous aurais bien conservé encore un peu. Dans l'opinion, vous étiez celui qui avait résolu la crise de mai.

– Permettez-moi de sourire, car c'est en effet moi qui ai achevé cette affaire et non vous.

De Gaulle ne relève pas.

– Vous m'avez alors joué un psychodrame à la Debré. Vous me suppliiez d'accepter votre démission après les législatives triomphales de juin 68, ce que je finis par accepter à contrecœur. Je propose le poste à Couve, et le lendemain matin Tricot me dit que vous revenez sur votre décision. Il faudrait savoir ! Mais revenons à nos moutons. Ne maltraitez pas trop Chaban. Il peut faire un pont avec la gauche et mener de grandes réformes sociales.

– Mon général, je crois que vous faites erreur. Le monde a changé. Si en 1958 la plupart des Français, toutes étiquettes politiques confondues, vous suivaient, la polarisation politique s'est faite après l'élection présidentielle de 1965. Que vous le vouliez ou non, vous êtes considéré comme un homme de droite !

– Alors que je suis un vrai révolutionnaire, réplique de Gaulle sans rire.

– Je suis un des seuls à le savoir ! Personne ne le croit ! Depuis votre départ, il faut se rendre à l'évidence, les gaullistes sont élus par la droite et ils ont besoin des centristes pour gouverner. Vouloir par démagogie politique séduire la gauche est une double stupidité. D'abord cela ne rapporte pas une voix. De plus, ces manœuvres insupportent notre propre camp et le démobilisent. Chaban rêve, comme trop d'hommes de droite, que la presse de gauche et d'extrême gauche dise du bien de lui, qu'il soit populaire dans le monde des artistes et des intellectuels. Il n'y arrivera jamais. Je le sais depuis longtemps et surtout je n'ai jamais essayé car je m'en moque ! J'ai beaucoup d'amis parmi les artistes et intellectuels de gauche mais je n'en parle jamais. D'abord pour ne pas les gêner de me fréquenter car ils seraient immédiatement excommuniés par leur camp. Et puis surtout, le jour où le journal *L'Immonde*, comme vous l'appelez, fait sa une pour chanter les louanges de Chaban, je le vire aussitôt car cela voudrait dire que nous faisons fausse route. Le problème de Chaban est qu'il ne travaille pas ses dossiers. Il se contente d'en parler avec ses conseillers qui sont de beaux esprits comme Delors ou Nora, mais qui sont des idéologues et manquent de sens pratique. Selon Chaban, notre pays est bloqué, sclérosé, trop hiérarchisé et bureaucratisé ? Bel hommage en passant au travail de ses prédécesseurs !

– La Nouvelle Société ne veut rien dire. Ce sont des rêves d'adolescent boutonneux. Ce n'est pas ce que l'on attend d'un Premier ministre.

– Vous n'avez pas créé ce poste pour faire des phrases mais pour agir concrètement, pour donner des instructions au gouvernement, des orientations, pour arbitrer entre deux avis contraires. De façon générale, je trouve que les ministres ne tiennent plus leurs administrations.

– Cela n'a-t-il pas toujours été le cas ?

– Je n'en suis pas si sûr, soutient Pompidou. J'ai l'impression que les ministres avaient très peur de vos réactions et surveillaient les initiatives parfois malheureuses de leurs administrations. Aujourd'hui tout devient de plus en plus technique, les administrations sont de plus en plus nombreuses, elles pondent de la norme comme des poules en suractivité. Je passe ma vie à dire à mes ministres qu'il faut arrêter d'emmerder les Français. Notre pays est malade de son cartésianisme : tout doit être prévu par des textes, des procédures, des process comme ils disent pour faire moderne. Nous allons tout droit vers une dictature des textes. Cela occupe des générations de fonctionnaires en mal d'activité, mais pour quoi faire, dans quel but, dans quel intérêt ? Que Chaban s'attaque à cela ! Mais il n'a pas le temps entre Delors qui lui explique comment être populaire à gauche et Nora qui lui vend un nouveau mode d'association du capital et du travail.

– Pour une fois, c'est vous qui me tendez la perche ! Je n'ai jamais compris votre méfiance vis-à-vis de la participation. Vous êtes pourtant issu d'une famille modeste. Vous connaissez bien les petites gens, les ouvriers, les agriculteurs. Vous êtes sensible à leur sort. Vous aimez le dialogue social. Vous tolérez l'argent uniquement pour le confort qu'il procure mais vous n'en êtes pas obsédé. J'en viens à me demander si les

Rothschild et votre fréquentation des patrons n'ont pas eu une mauvaise influence sur vous ?

– Pas du tout, mon général, je n'ai pas oublié mes origines, dément Pompidou avec hauteur. Ce qui m'a toujours agacé dans cette affaire, c'est le côté fumeux de la participation, qui a été inventée par des esprits tortueux comme Vallon ou Capitant. Ils n'ont jamais travaillé dans une entreprise de leur vie.

– Vous non plus !

– Une banque, surtout à reconstruire, est une entreprise. J'ai conseillé de grandes sociétés pendant plus de dix ans et je crois bien les connaître. Vallon, Capitant et leurs prophètes ont une vision idéologique de l'économie. Ils voient le patronat, comme ils l'appellent, avec des œillères totalement déformées. D'ailleurs, il n'y a pas un patronat mais des patronats.

– Bien sûr, il y a des entreprises de cinq personnes et d'autres qui en comportent plusieurs milliers, répond de Gaulle. Mais c'est le même esprit. Je l'ai vécu dans ma propre famille à Lille ou à Calais. D'un côté, les femmes des patrons s'agitaient pour distribuer de la layette aux nécessiteux mais leurs maris refusaient systématiquement toutes les demandes d'augmentations car selon eux, les ouvriers allaient les boire au bistrot ! C'est ce paternalisme qu'il faut casser et qui n'est plus de notre époque. Le patronat de droit divin n'existe plus. C'est fini. De toute façon, les patrons n'ont aucun sens de l'intérêt général.

– Mon général, vous exagérez !

– Pas tant que cela. Mais là n'est pas l'essentiel. Je considère que le catholicisme social dans lequel j'ai baigné durant mon enfance n'est plus de notre époque. Il faut passer à autre chose. Évidemment, je n'ai aucun doute sur la supériorité du capitalisme sur le communisme. Il n'y a qu'une seule forme d'économie qui existe, c'est l'économie libérale. J'en suis intimement convaincu, contrairement à ce que vous croyez. Mais c'est précisément parce que c'est la seule forme d'économie qui vaille qu'il faut l'adapter et surtout la rendre supportable pour tous ! Ou alors revenons aux premiers temps de la révolution industrielle où les femmes travaillaient mais n'étaient pas payées et où les enfants poussaient des wagonnets dans les mines. À toutes les époques, vous trouverez toujours des patrons pour vous expliquer que les avancées sociales sont impossibles, qu'elles vont les conduire à la faillite, etc., etc.

– Vous savez, mon général, l'économie, c'est compliqué...

– Pompidou, vous m'emmerdez, l'interrompt brutalement de Gaulle. Vous parlez comme tous ces technocrates que vous pourfendez pourtant. Non, l'économie, ce n'est pas compliqué. En tout cas, certainement pas dans ses principes. Ce que vous venez de dire est la parfaite manifestation de l'œuvre d'infantilisation et de crétinisation de ceux qui vous susurrent à l'oreille : restez dans votre domaine, vous ne comprendrez pas, c'est trop compliqué pour vous. C'est absurde.

– Mon général, je vous prie de m'excuser. Ce n'est pas ce que je voulais dire. Dans mon esprit, il me paraissait important de noter que l'économie a beaucoup évolué ces derniers temps. Pendant trop longtemps, nos entreprises ont vécu une vie pépère, bien à l'abri des frontières douanières et avec la protection que l'État leur apportait. De toute façon, le consommateur français payait l'addition. C'est fini tout cela, surtout avec l'Europe, et ce n'est pas plus mal. Il va falloir se retrousser les manches, être compétitif, gagner des marchés. Sortir de son confort et du profit facile. Ce n'est pas le moment d'embrouiller les chefs d'entreprise avec des concepts fumeux.

– Parce que vous pensez que je ne le sais pas ? Vous n'avez pas hésité à le dire à la télévision à destination du monde économique quand vous étiez Premier ministre et vous avez eu bien raison. Mais, voyez-vous, moi, je pense un peu plus loin que vous et vos chefs d'entreprise. C'est leur avenir que je cherche à défendre.

– Je ne comprends pas !

– C'est très simple, rétorque de Gaulle. Quand il n'existe pas d'alternative à un système politique ou économique, c'est toujours un raisonnement à courte vue que de vouloir conserver tout pour soi. Tous les dictateurs de cette planète sont tombés ou tomberont un jour de façon plus ou moins violente pour avoir refusé de partager le gâteau du pouvoir. Il en va de même pour l'économie. Nous traversons une exceptionnelle période d'expansion économique. C'est précisément le moment d'en partager les fruits. Cela me paraît tout à fait normal et équitable qu'un ouvrier qui participe aux bons résultats de son entreprise puisse toucher une partie du bénéfice. Rassurez-vous, je ne suis pas favorable à la constitution de soviets dans les entreprises, mais le patronat de papa, tout-puissant et méprisant, c'est fini !

– Mon général, je vous comprends et je partage partiellement votre analyse. Attention toutefois à ne pas freiner l'investissement. Nos entreprises sont fragiles. Elles ont été trop longtemps protégées. Si elles n'investissent pas dans de nouvelles machines, dans le progrès technique, elles risquent d'être balayées. Et vos ouvriers qui auront bénéficié de la participation resteront sur le carreau. Si vous voulez qu'ils reçoivent les fruits de la croissance de leur entreprise, il faut du résultat et du profit.

– Je le sais bien, mais tout risque aussi d'être balayé si vous ne donnez pas de sens à tout cela. On l'a bien vu en 1968. Les ouvriers demandaient évidemment des hausses salariales, mais pas uniquement. On a bien compris qu'ils écoutaient non sans intérêt les slogans parfois assez détonants de la jeunesse : « Sous les pavés la plage ! Jouissez sans contrainte ! » Quand j'ai lu cela, les bras m'en sont tombés ! Mais ces ouvriers ne sont pas stupides : ils sont d'une génération qui n'a pas ou peu connu la guerre. La mienne, la nôtre en avons vécu deux et un jeune d'aujourd'hui ne pourra jamais comprendre les dégâts pour notre pays de cette gigantesque saignée que fut la guerre de 14. Nos générations étaient marquées par l'épreuve et l'effort. Elles n'ont pas eu le choix. Pas les jeunes d'aujourd'hui. Ils commencent à se demander si métro, boulot, dodo est un véritable but dans la vie. Les associer à la bonne marche de leur entreprise est aussi un moyen d'éviter qu'ils ne se posent trop de mauvaises questions. Vous comme moi, on n'imagine pas se coucher autrement que pour mourir. Mais nous sommes des exceptions. Vous avez vu le film *Alexandre le bienheureux* ?

– Ah non, pas du tout, reconnaît Pompidou, interloqué.

– C'est l'histoire d'un paysan harcelé par sa femme qui lui demande toujours de travailler davantage. Elle meurt accidentellement et, de ce jour, il décide de s'arrêter, de se coucher et se débrouille pour tout faire depuis son lit, grâce à un chien qu'il a dressé. La difficulté est qu'il commence à faire des émules au village ! C'est une fable gentille, mais que ferions-nous demain si tout le monde décidait de se coucher pour éviter le train-train et la morne vie de l'usine ? Ne croyez-vous pas qu'il faille donner aux ouvriers et aux employés un peu l'espoir d'une vie meilleure, grâce au fruit de leur travail ?

– Mais si tout le monde se met au lit, c'en est fini de la puissance de la France, et dans cette hypothèse, toutes vos ambitions pour notre pays que je m'efforce de poursuivre sont mortes et enterrées.

– C'est bien pour cela qu'il faut partager plutôt que d'accaparer au profit d'un seul, conclut de Gaulle d'un ton sans réplique. C'est le premier sens de la participation. Je ne suis pas expert comme vous des affaires de l'économie mais je sens poindre une crise. Je ne suis pas devenu Madame Soleil, mais dans l'histoire, les périodes de forte expansion économique ont toujours été suivies par des crises plus ou moins graves. Regardez en 1921 ou en 1929. Chaque fois, les causes étaient différentes, mais une forte croissance économique de plus de trente ans, ça n'existe pas. C'est précisément avant une crise qu'il faut mettre en place les outils qui permettront non pas de l'éviter, mais d'en atténuer les effets dommageables sur les plus fragiles.

– Comme vous, je sais qu'une crise arrivera un jour. Nous aurons alors encore plus besoin d'entreprises solides, c'est-à-dire compétitives, capitalisées, avec un patron possédant un vrai pouvoir. Pour moi, la participation n'était pas quelque chose de sérieux. D'abord, je me méfie toujours d'une solution miracle inventée par le seul cerveau habile d'un Français qui résoudrait tous les maux du capitalisme…

– N'est-ce pas un Français qui a inventé la TVA qui est reprise dans le monde entier ?

– Dès qu'il s'agit de taxer, nous sommes les meilleurs du monde, approuve Pompidou en souriant. L'inventivité du ministère des Finances en la matière est exceptionnelle. Je suis totalement d'accord avec vous sur la nécessité de préparer les Français à une crise qui est inévitable. Mais il faut aller plus loin. L'économie est en train de changer. L'Europe permet déjà une libre circulation des marchandises et c'est une excellente chose car cela va obliger nos entreprises à être plus compétitives. Mais il va y avoir des dégâts car le patronat s'était trop enfermé dans l'économie de la rente. Tant pis. C'est une forme de sélection naturelle. Et puis aujourd'hui, on retrouve facilement un emploi.

– Aujourd'hui oui, mais demain ? Au début du siècle, les moissons occupaient des milliers et des milliers de paysans pendant des semaines. Aujourd'hui, une seule machine fait le travail à leur place, plus rapidement, plus efficacement, et elle peut fonctionner vingt heures par jour. Dans l'industrie, cela va être pareil.

– Vous avez parfaitement raison. Nous savons que le progrès technologique détruit des emplois et en crée d'autres. Dans ce mouvement, l'humain doit être au cœur des politiques publiques. Il y a un deuxième phénomène qui me paraît beaucoup plus dangereux. Après la libre circulation des marchandises, l'Europe voudra inévitablement la libre circulation des capitaux. Je n'y suis pas hostile fondamentalement, mais il faudra être très vigilants. Le danger viendra de ces grandes fortunes à travers le monde qui vont se précipiter sur notre pays en achetant, vendant, démembrant, dépeçant des fleurons de notre industrie. Vous pensez que nos chefs d'entreprise ne sont pas patriotes et vous avez peut-être raison. Quand la grande finance internationale pourra utiliser son immense fortune pour intervenir dans nos entreprises, cela va être la curée, car ces gens-là n'ont aucun projet d'ensemble, aucune vision d'avenir, aucune envie de bâtir. La seule chose qui les intéresse est la rentabilité et le profit, peu importent les conséquences sociales. Un industriel français a toujours un peu de mal à licencier férocement des ouvriers ou à revendre son entreprise à n'importe qui parce que sa femme fait les courses au village d'à côté et, même s'il habite un joli château, il demeure quand même au contact de la population. Mais quand le propriétaire de la moyenne industrie française habite New York ou Londres, il se moque des conséquences sociales.

– Je reconnais volontiers que tout cela est préoccupant, admet de Gaulle. Mais autre chose me tracasse. Comme vous, j'ai constaté le déclin inexorable de nos agriculteurs et l'exode des paysans vers les grandes villes. L'agriculture est mécanisée et industrialisée. Les agriculteurs utilisent de plus en plus de produits chimiques, les animaux sont élevés dans des conditions déplorables, ne voient plus la lumière du jour et ils sont entassés dans des hangars. C'est bien pour cela que je demande à Yvonne de faire les courses dans les marchés autour de Colombey. Notre industrie va connaître le même sort. Elle est en train de se mécaniser de plus en plus et donc elle aura besoin de moins en moins d'ouvriers. Et par ailleurs, quand on voit les coûts salariaux en Asie, nos droits de douane seront aussi efficaces que la ligne Maginot… Ne resteront que les services. Cela me dépasse un peu. Comment un pays peut-il vivre sans produire les biens dont il a besoin ?

– C'est techniquement possible. Mais très dangereux. Il ne faudrait pas que la production de médicaments par exemple se délocalise en Asie et qu'une épidémie mondiale se déclenche… L'activité des services n'est pas problématique en tant que telle. On a tous besoin d'une banque ou d'une assurance, voire d'un avocat. Mais ces activités elles aussi sont menacées. L'évolution mondiale de l'économie va inéluctablement s'orienter vers une libre circulation généralisée où les pays qui produisent à bas coût et qui ont une main-d'œuvre inépuisable seront toujours vainqueurs. Pour les pays développés comme le nôtre, seules les tâches à haute valeur ajoutée pourront survivre. C'est pour cela qu'il est dangereux de pénaliser l'investissement et qu'il faut faire des efforts gigantesques dans la formation. Mais malheureusement, nombreux sont ceux qui resteront sur le carreau.

– Voyez-vous, Pompidou, je pense que nous sommes à un vrai tournant de notre civilisation et cela m'inquiète. Depuis la guerre, je vois avec inquiétude les progrès de la machine. Censée aider l'homme dans les tâches répétitives ou trop épuisantes, elle est en train de le supplanter. La machine n'est plus au service de l'homme, au contraire elle l'asservit. Je vois bien le développement de l'informatique qui a permis à l'homme d'aller sur la Lune ! Sans la technique, nous n'aurions jamais pu le faire. Mais à quel prix… La machine remplace déjà l'homme et n'a plus véritablement besoin de lui. Il ne faudrait pas qu'elle essaye de le dominer par l'intermédiaire des ingénieurs, des scientifiques, qui par esprit de système ou par volonté diabolique voudraient nous placer sous leur domination. Nous avons tous souffert de la tyrannie imposée par des dictateurs. Ce n'est rien à côté de celle de la machine ! Mais cela ne vous rappelle rien ?

– Bien sûr que si. Votre discours d'Oxford de novembre 1941. Figurez-vous que je l'ai relu il y a peu de temps. Ces propos d'il y a trente ans n'ont pas pris une seule ride, notamment votre conclusion : « L'individu ne peut être qu'écrasé… » Je partage totalement votre inquiétude. Pendant longtemps, je pensais que le progrès technique était une fin en soi. Sachons en reconnaître quand même les bienfaits notamment quand on pense à la vie de nos ancêtres ! Nous soignons de mieux en mieux des maladies autrefois incurables, nous traitons beaucoup mieux la douleur, nous ne grelottons plus l'hiver dans nos maisons, nous pouvons lire quand il fait nuit sans s'abîmer les yeux. Pour autant, ces incontestables progrès matériels nous ont-ils rendus plus heureux ? Ou plutôt nos ancêtres étaient-ils plus malheureux que nous ?

– Je ne le pense pas. D'ailleurs, le bonheur n'existe pas. C'est une fable. On n'est pas sur terre pour être heureux mais pour essayer de faire quelque chose, d'apporter sa pierre à l'édifice.

– Je n'en suis pas aussi certain que vous, conteste Pompidou. Néanmoins, je vous rejoins pleinement sur l'évolution de notre civilisation. Je crains une dictature technocratique, exercée par des gens qui prétendent savoir et qui imposent leurs volontés et leurs normes sans aucun contrôle démocratique. L'important est que le politique conserve la maîtrise de toutes les décisions importantes qui doivent être prises car il est le seul à disposer de la légitimité par le peuple. Bien sûr, un homme politique peut être corrompu, dangereux, voire idiot, mais, in fine, il est sous la sanction des électeurs et donc de tous les Français. C'est une grande leçon que j'ai apprise de vous : la démocratie a toujours raison. Le peuple peut se tromper dans ses choix, mais ces derniers doivent toujours être respectés. Penser autre chose est dangereux. C'est aux hommes politiques de se mettre à la hauteur de la tâche. Les technocrates ne sont pas élus et sont à peine contrôlés dans leur action. Je passe ma vie à engueuler mes ministres en leur disant de s'imposer face à leurs administrations et de surveiller ce qu'elles font. Grâce à vous et à Debré, avec la création de l'ENA, nous avons une excellente haute fonction publique. Toutefois, confier la direction de la France à cette dernière sans contrôle politique serait dramatique : donnez le pouvoir à des ingénieurs de l'Équipement et ils vous mettront des ronds-points partout sur les routes, à des juristes et ils vous pondront des textes exposant que respirer est dangereux, à des médecins et ils vous mettront la population entière sous quarantaine au premier rhume. Je pourrais multiplier les exemples.

– Vous avez raison, concède de Gaulle, mais ces technocrates sont quand même français et avec un peu de volonté politique, on peut encore les maîtriser. Je suis beaucoup plus inquiet des progrès de la technocratie internationale qui échappe à tout contrôle. C'est la raison pour laquelle je me suis toujours opposé à donner trop de pouvoirs à la Commission européenne, et je suis heureux de constater que vous avez conservé cette position.

– Il est déjà difficile de contrôler les initiatives parfois malheureuses de sa propre administration et sa volonté de tout mettre en normes, fiches et statistiques, mais cela devient quasiment impossible sur le plan européen. Il y a trop d'intérêts divergents entre les pays du Marché commun et surtout trop de différences culturelles. Les peuples de toute l'Europe ont toujours lutté tout au long de l'histoire contre ceux qui essayaient d'imposer leur volonté par la force à tout le continent. Il ne faudrait pas que la dictature vienne d'une technocratie européenne sans qu'aucun contrôle à la fois politique et national puisse réellement exister !

– C'est en effet un enjeu fondamental. Un véritable nœud gordien. Mais combien seront-ils encore capables de le trancher ? C'est hélas la nature humaine d'être conformiste et routinière. Surtout ne pas changer ses habitudes et son confort ! Cela ne demande pas un grand effort physique de franchir le Rubicon. Mais d'un point de vue moral, il faut une force de caractère exceptionnelle. Nietzsche avait raison, une fois de plus…

Les deux hommes remontent l'allée. Une voiture dont le moteur tourne attend devant le perron de la maison. Un homme est au volant et Pompidou ne reconnaît pas Alain de Boissieu. En effet, c'est Francis Marroux, l'ancien chauffeur de De Gaulle, qui occupe le siège du conducteur. Marroux avait sauvé la vie du Général et de sa femme lors de l'attentat du Petit-Clamart en continuant à rouler à pleine vitesse sous les balles, avec deux pneus crevés. Une fois en retraite, il s'était installé à Colombey et continuait de conduire de Gaulle et sa femme. Pompidou comprend que le moment est venu de se séparer. Une sensation étrange l'envahit. Il est soulagé de rentrer à Paris, car cette joute verbale d'un après-midi entier avec son ancien maître à penser l'a épuisé. Mais il ne peut s'empêcher de ressentir une sourde nostalgie. Les révélations que lui a faites de Gaulle lui laissent craindre qu'il le voit pour la dernière fois. Les sentiments filiaux qu'il éprouvait pour lui sont brutalement remontés à la surface malgré leur brouille, et Pompidou a bien senti que de Gaulle avait eu un grand plaisir à le revoir et à échanger avec lui. Si l'objectif du Général était de renouer avec son ancien disciple, il est pleinement atteint.

– Voici donc le moment de nous séparer, déclare de Gaulle. J'ai été très heureux de vous voir car j'ai eu le sentiment que nous sommes vraiment allés au fond des choses. C'est le moment pour moi de retourner à mon travail car je sais que mon temps est compté et il n'y a plus que cela qui importe désormais. Je vous souhaite un bon retour. Présentez mes hommages à Mme Pompidou et dites-lui bien que j'ai beaucoup d'estime et d'amitié pour elle.

– Mon général, je vais vous faire un dernier aveu. Je craignais beaucoup cet entretien. Trop d'événements ont eu lieu entre nous, des bons et des moins bons, pour que cette rencontre soit anodine. Vous êtes toujours l'homme que je respecte et que j'estime le plus au monde. Je ne sais pas quand nous nous reverrons, mais je tiens à vous dire que le plus grand honneur et la plus grande fierté de toute ma vie ont été de travailler à vos côtés.

Les deux hommes se serrent la main. Pompidou commence à partir mais de Gaulle l'attrape par le bras et l'attire quelque peu à l'écart.

– Ah Pompidou, j'ai oublié de vous dire quelque chose. J'ai reçu il y a quelques jours la visite du professeur Jean Bernard. Je le connais de longue date et il est sans doute l'un des plus grands spécialistes du monde des maladies du sang. Je n'avais pas prévu de le voir mais le message qu'il m'avait fait porter était intrigant. Il évoquait un cas de conscience d'une exceptionnelle gravité dont j'étais le seul à qui il pouvait parler. J'ai finalement accepté et je l'ai vu mercredi dernier. Ce qu'il m'a dit m'a bouleversé. Il m'a révélé que vous étiez atteint d'une grave maladie du sang et qu'il pensait que j'étais la bonne personne pour vous le dire. Je lui ai d'abord fait part de ma surprise et de mon indignation. Comment pouvait-il oser violer ainsi le secret médical ? Quelles que soient mon affection et ma proximité avec vous, ces affaires doivent relever du médecin et de son patient, voire de sa famille. Sa réponse fut nette. Il avait beaucoup hésité avant de venir m'en parler. Néanmoins, pour lui, vous êtes une personne qui ne s'appartient pas entièrement. Vous êtes l'élu des Français et surtout vous disposez en tant que président de la République de la force de frappe nucléaire. Une seule décision de vous peut quasiment conduire la planète à la disparition. C'est la raison pour laquelle il pensait qu'un ancien président de la République était la bonne personne pour vous annoncer cette mauvaise nouvelle mais surtout vous mettre en garde. De surcroît, il connaissait les sentiments paternels que j'éprouve à votre égard. C'est néanmoins une immense responsabilité pour moi. Je vais donc vous parler à la fois comme un père et comme un ancien président. Il va falloir vous soigner, Pompidou, et être raisonnable. Bien écouter vos médecins. Se soigner prend du temps, beaucoup de temps. Nos calendriers sont surchargés et je sais que nos équipes sont expertes à remplir le moindre espace. Comme s'il y avait une malédiction visant à ce que l'on embauche des collaborateurs qui n'ont de cesse de vouloir nous empêcher de réfléchir. Ne vous laissez pas piéger ! On n'a qu'une seule vie et la vôtre est précieuse, Georges, pour votre famille, pour moi, pour la France. Ne transigez jamais avec cela. Votre maladie est peu connue, mais Jean Bernard a bon espoir. La médecine fait des progrès tous les jours et vous avez des médecins brillants auprès de vous. Dernier point dont je voulais vous entretenir absolument. Le service de la France est d'une totale exigence et elle ne peut souffrir d'avoir un président diminué. Je vous en conjure, si vous sentez que vos forces s'affaiblissent dangereusement, vous devez renoncer, comme je l'aurais fait moi-même en pareille hypothèse. Ce sera un geste de responsabilité et de respect envers l'État que vous avez toujours servi fidèlement. Réfléchissez à tout cela. Je dois vous laisser, maintenant.

De Gaulle ramène Pompidou vers la voiture qui attend toujours. Ce dernier marche comme un somnambule, assommé par la nouvelle. Ses épaules se sont voûtées encore davantage. De Gaulle le regarde intensément. Son regard s'est brouillé. Il se penche vers lui en attrapant ses deux bras et lui donne une forme d'accolade.

– Au revoir, Georges. Je vous embrasse.

Le trajet entre Colombey et l'héliport de Chaumont se déroule dans une atmosphère funèbre par un jour déclinant. Pompidou est abasourdi, anéanti, par ce qu'il vient d'entendre. Ses mains tremblent. Ainsi, son intuition est confirmée. C'était donc bien cela, cet air gêné de ses médecins. Il trouvait étrange le comportement de son équipe médicale et avait l'impression qu'elle surjouait en exprimant des banalités confiantes sur les petits maux qui l'atteignaient. Voilà la raison de cette invitation secrète qui doit évidemment le rester. De Gaulle l'a fait venir à Colombey pour lui annoncer lui-même la nouvelle de cette terrible maladie. Comme il hésitait à jouer les Cassandre, le Général a attendu le dernier moment pour le lui dire. De noires pensées agitent Pompidou. Comment annoncer tout cela à Claude ? Il se sent profondément découragé et a le sentiment d'une immense injustice. D'être maudit. Tous ces efforts pour arriver au sommet de l'État alors que rien ne l'y prédestinait n'ont donc servi à rien.

Il repense à cette phrase maintes fois rappelée dans le texte de l'Ecclésiaste : *Vanitas vanitatum et omnia vanitas*. Les ors de l'État, la déférence de ses interlocuteurs, les égards avec lesquels il est traité ne sont que des hochets qui lui ont fait oublier qu'il était mortel comme tout le monde et que la grande Faucheuse ne sélectionne pas les épis qu'elle coupe en fonction de leur importance. Il cherche des raisons à cette terrible nouvelle. Son activité surhumaine à Matignon, ses oppositions terribles avec de Gaulle ? Il pense encore à toutes ces réunions à venir, tous ces déplacements à faire, tous ces importuns à recevoir qui ne sont là que pour quémander à leur unique profit, se moquant de lui prendre du temps et de l'énergie. Dieu que l'État suscite des parasites qui sont de véritables professionnels de leur propre placement ! Par ailleurs, comment va-t-il cacher cette nouvelle à ses plus proches collaborateurs ? Il se doute bien que ses moindres gestes, sa plus infime réaction, la plus petite marque de douleur ou de crispation seront immédiatement interprétés, même par des personnes qui lui doivent tout. Surtout, il faudra faire encore plus attention à la trahison. Celle de ses ennemis importe peu. C'est celle de ses proches qu'il va devoir anticiper.

La voiture de Marroux arrive à l'héliport. Le préfet de l'Aube, informé par divers canaux de la présence incognito du chef de l'État dans son département, est venu en grande tenue lui présenter ses respects. Pompidou le salue courtoisement mais prétexte un retard important pour s'engouffrer dans l'hélicoptère. Alors qu'il s'envole, Pompidou se sent brisé et épuisé par cette journée. Il repense à son hôte de l'après-midi. Pour la seconde fois de leurs vingt-cinq ans de collaboration, de Gaulle l'avait appelé « Georges » et pour la seconde fois de sa vie, il lui avait dit : « Je vous embrasse. »

Épilogue

10 novembre 1970

Il est tout juste 7 heures quand le téléphone des appartements privés du président de la République à l'Élysée sonne. Pompidou sort précipitamment de la salle de bains alors qu'il met ses boutons de manchette. Il ne veut pas réveiller Claude qui dort encore. Il n'aimait pas recevoir ces appels matinaux qui ne présagent rien de bon et sont souvent annonciateurs d'une mauvaise nouvelle. Néanmoins son « allô » est ferme et assuré.

– Monsieur le président, dit une voix féminine, je vous passe votre chef d'état-major particulier.

Une voix masculine retentit :

– Monsieur le président ? Je viens de recevoir un appel du général de Boissieu. Le général de Gaulle est mort hier soir à 19 h 30 à Colombey d'une rupture d'anévrisme.

Long silence.

– Je vous laisse. Au revoir, monsieur le président.

Pompidou, demeuré interdit, est saisi d'une immense émotion. Le combiné du téléphone reste dans sa main. Son corps est comme pétrifié et ses mains tremblent. Une vieille phrase venue du fond des âges revient à sa mémoire et il la bredouille entre ses lèvres : « *Eli, Eli, lama sabachthani.* » Il s'effondre davantage qu'il ne s'assoit sur un fauteuil à côté du téléphone. Des larmes commencent à couler. Pour les dissimuler, il met sa tête entre ses mains. Ses pensées s'entrechoquent.

Il songe à la première fois qu'il avait vu de Gaulle en 1944 alors qu'il venait à peine d'intégrer son cabinet. Il avait noté tout de suite une tête mal proportionnée par rapport à un si grand corps, mais cette réflexion avait été immédiatement interrompue par la certitude d'avoir vu un être hors du commun, quasiment surnaturel et parfaite incarnation des profondeurs de la France.

Il pense à son arrivée comme trésorier de la Fondation Anne-de-Gaulle, qui lui avait permis de gagner la confiance de Mme de Gaulle et d'intégrer l'intimité du Général.

Il se remémore sa nomination comme chef du cabinet particulier du Général sous la IVe République, à la grande colère des gaullistes historiques, et à ses doutes sur l'aventure du RPF puis sur l'avenir du Général.

Un léger sourire vient à ses lèvres quand il se rappelle le retour au pouvoir de De Gaulle en 1958 auquel il ne croyait pas et les fonctions de directeur de cabinet à Matignon qu'il lui avait confiées. Jamais Pompidou n'avait éprouvé un aussi fort sentiment de plénitude professionnelle. Et puis, ce fut la grande lessiveuse du poste de Premier ministre et les premières tensions : l'élection présidentielle de 1965, Mai 68 et surtout l'affreuse indifférence du Père avec l'affaire Marković.

Enfin, ce déjeuner de fin août, si amical, si intéressant, si profond, mais avec d'odieuses et insupportables révélations. La Mort a frappé une première fois. Pompidou se sait en sursis.

Pompidou va à son bureau où il sort la photo dédicacée que lui avait offerte le Général, le 18 juin 1954. Il s'arrête sur le portrait qu'il observe longuement, pendant plusieurs minutes, puis il lit :

À Georges Pompidou, mon collaborateur depuis dix ans, mon compagnon, mon ami pour toujours.

En regardant la photo si vivante, Pompidou, dans un souffle, la voix encore pleine de larmes, lui dit :

– À demain, de Gaulle !

Table

DU MÊME AUTEUR

LE SURINTENDANT DE VERSAILLES : GRANDES ET PETITES HISTOIRES D'UN CHÂTEAU MYTHIQUE, Paris, Éditions du Moment, 2010.

INTERNET ET LIBERTÉS, Paris, CNRS éditions, coll. « Débats », 2010.

L'OPÉRA DE PARIS, COULISSES ET SECRETS DU PALAIS GARNIER, avec Jean-Philippe Saint-Geours, Plon, 2015.

LA DETTE DE LOUIS XV, Éditions du Cerf, 2017.

QUAND LA FRANCE EST AU PIED DU MUR. DE CLOVIS AUX TAXIS DE LA MARNE, Éditions du Cerf, 2019.

LA CULTURE NOUS SAUVERA, avec David Lisnard, Éditions de L'Observatoire, 2021.

LES ANNÉES DABADIE, Éditions de l'Observatoire, 2023.

LES LEÇONS DE POMPIDOU, avec David Lisnard, Éditions de l'Observatoire, 2024.

Retrouvez toute l'actualité des éditions Albin Michel
sur notre site albin-michel.fr
et suivez-nous sur les réseaux sociaux.
Instagram : editionsalbinmichel
Facebook : Éditions Albin Michel
YouTube : Editions Albin Michel

Composition : Nord Compo
Impression : Imprimerie Floch, octobre 2025
Éditions Albin Michel
22, rue Huyghens, 75014 Paris
www.albin-michel.fr
ISBN : 978-2-226-50731-0
N° d'édition 27982/01 – N° d'impression : 107768
Dépôt légal : novembre 2025
Imprimé en France